畢璞全集・散文・七

無言歌

【推薦序一】

老樹春深更著花

封德屏

一九八六年四月，畢璞應《文訊》雜誌「筆墨生涯」專欄邀稿，發表〈三種境界〉一文，她在文末寫道：

這種職業很適合我這類沉默、內向、不善逢迎、不擅交際的書呆子型人物，我很高興我當年選擇了它。我既沒有後悔自己走上寫作這條路，又說過它是一種永遠不必退休的行業；那麼，看樣子，我是注定了此生還是要與筆墨為伍了。

畢璞自知甚深，更有定力付之行動，近三十年來她持續創作，陸續出版了數本散文、小說、自選集；三年前，為了迎接將臨的「九十大壽」，她整理近年發表的文章，出版了散文集

《老來可喜》。年過九十後，創作速度放緩，但不曾停筆。二〇〇九年元月《文訊》創辦的「銀光副刊」，至今刊登畢璞十二篇文章，上個月（二〇一四年十一月），她在「銀光副刊」發表了短篇小說〈生日快樂〉，此外，也仍偶有文章發表於《中華日報》副刊。畢璞用堅毅無悔的態度和纍纍的創作成果，結下她一生和筆墨的不解之緣。

一九四三年畢璞就發表了第一篇作品，五〇年代持續創作，創作出版的高峰集中在六〇、七〇年代。一九六八年到一九七九年是她作品的豐收期，這段時間有時一年出版三、四本，甚至五本。早些年，她是編寫雙棲的女作家，曾主編《大華晚報》家庭版、《公論報》副刊、《徵信新聞報》家庭版，並擔任《婦友月刊》總編輯，八〇年代退休後，算是全心歸回到自適自在的寫作生涯。

真摯與坦誠是畢璞作品的一貫風格。散文以抒情為主，用樸實無華的筆調去謳歌自然，讚頌生命；小說題材則著重家庭倫理、婚姻愛情。中年以後作品也側重理性思考與社會現象觀察。畢璞曾自言寫作不喜譁眾取寵、不造新僻字眼，強調要「有感而發」，絕不勉強造作。

畢璞生性恬淡，除了抗戰時逃難的日子，以及一九四九年渡海來台的一段艱苦歲月外，自認大半生風平浪靜。「淡泊名利，寧靜無為」是她的人生觀，讓她看待一切都怡然自得。雖然前後在報紙雜誌社等媒體工作多年，一九五五年也參加了「中國婦女寫作協會」，可能如她自己所言「個性沉默、內向，不擅交際」，多年來很少現身文壇活動。像她這樣一心執著於創作的人和其作品，在重視個人包裝、形象塑造，充斥各種行銷手法的出版紅海中，很容易會被湮沒遺忘。

然而，這位創作廣跨小說、散文、傳記、翻譯、兒童文學各領域，筆耕不輟達七十餘年的資深作家，冷月孤星，懸長空夜幕，環視今之文壇，可說是鳳毛麟角，珍稀罕見。在人們華服高軒、闊論清議之際，九三高齡的她，老樹春深更著花，一如往昔，正俯首案頭，筆尖不斷流淌出款款深情，如涓涓流水，在源遠流長的廣域，點點滴滴灌溉著每一寸土地。

感謝秀威資訊科技股份有限公司，在文學出版業益顯艱辛的此刻，奮力完成「畢璞全集」二十七冊的巨大工程。不但讓老讀者有「喜見故人」的驚奇感動，也讓年輕一代的讀者，有機會可以在快樂賞讀中，認識畢璞及其作品全貌。我們也希望透過文學經典這樣的再現與傳承，向這位永遠堅持創作的作家，表達我們由衷的尊崇與感謝之意。

民國一〇三年十二月

（封德屏：現任文訊雜誌社社長兼總編輯、臺灣文學發展基金會執行長、紀州庵文學森林館長。）

【推薦序二】

老來可喜話畢璞

吳宏一

一

上星期二（十月七日），我有事到《文訊》辦公室去。事畢，封德屏社長邀我去參觀她們蒐集珍藏的期刊。看到很多民國五、六十年前後風行文壇的文藝刊物，目前多已停刊，不勝嗟嘆。《暢流》、《自由青年》、《文星》等我投過搞、發表過創作的刊物不說，連一些當時發行不廣的小刊物，她們也多有蒐集。其用心之專、致力之勤，實在不能不令人讚嘆。於是我向她提起我高中以迄大學時期文學起步的一些往事，中間提到若干文藝刊物和若干文壇前輩對我的鼓勵和影響。其中特別提到我大學一年級，民國五十年的秋天，剛進入台大中文系讀書時所認識的一些前輩先進。像當時住在濟南路的紀弦，住在廈門街的余光中，住在南昌街菸酒公賣局宿舍的羅悟緣，住在安東市場旁的羅門、蓉子……我都曾經一一去走訪，謝謝他們採用或推薦過我的作品。過程歷歷在目，至今仍記憶猶新。比較特別的是，去新生南路夜訪覃子豪時，還遇見過魏子雲；去峨嵋街救國團舊址見程抱南、鄧禹平時，還順道去《公論報》探訪副刊主編畢璞……。

一提到畢璞，德屏立即接了話，說「畢璞全集」目前正編印中，問我願不願意為她「全集」寫個序言。我答：寫序不敢，但對我文學起步時曾經鼓勵或提攜過我的前輩，我非常樂意寫紀念性的文字。不過，我也同時表示，我與畢璞五十多年來，畢竟才見過兩三次面，她的作品我讀得並不多，要寫也得再讀讀她的生平著作，而且也要她還記得我，對往事有些共同的記憶才好。所以我建議，請德屏代問畢璞兩件事：一是她記不記得在我大一下學期（民國五十一年春），她和另一位女作家到台大校園參觀之事；二是她在主編《婦友》月刊期間，記不記得曾經約我寫過詩歌專欄。

德屏說好。第二日早上十點左右，畢璞來了電話，客氣寒暄之後，告訴我：她記得她和鍾麗珠早年曾到台大校園和我見過面，但對於《婦友》約我寫專欄之事，則毫無印象。她知道我沒有讀過她的作品集，說要寄兩三本來，又知道我怕她年老行動不便，改口說，要不然，幾天內如果我能抽空，就煩請德屏陪我去內湖看她，由她當面交給我，同時可以敘敘舊、聊聊天。

我當然贊成。我已退休，時間容易調配，只不知德屏事務繁忙，能不能抽出空暇。想不到與德屏聯絡後，當天下午，就由《文訊》編輯吳穎萍小姐聯絡好，約定十月十日下午三點一起去見畢璞。

二

十月十日國慶節，下午三點不到，我就如約搭文湖線捷運到葫洲站一號出口等。不久，德屏與穎萍來了。德屏領先，走幾分鐘路，到康寧老人安養中心去見畢璞。途中德屏說，畢璞雖然年逾九旬，行動有些不便，但能以歡樂的心情迎接老年，不與兒孫合住公寓，怕給家人帶來不便，所以獨居於此，雇請菲傭照顧，生活非常安適。我聽了，心裡也開始安適起來，覺得她是一個慈藹安詳而有智慧的長者。

見面之後，我更覺安適了。記得我第一次見到畢璞，是民國五十年的秋冬之際，在西門町附近康定路的一棟木造宿舍裡，居室比較狹窄；畢璞當時雖然親切招待，但總顯得態度拘謹。相隔五十三年，畢璞現在看起來，腰背有點彎駝，耳目有些不濟，但行動尚稱自如，面容聲音卻似乎數十年如一日，沒有什麼明顯的變化。如果要說有變化，那就是變得更樸實自然，沒有絲毫的窘迫拘謹之感。

由於德屏的善於營造氣氛、穿針引線，由於穎萍的沉默嫻靜，只做一個忠實的旁聽者，那天下午，我和畢璞有說有笑，談了不少往事，讓我恍如回到五十三年前的青春年代。那時候，我才十八歲，剛考上台大中文系，剛到陌生而充滿新鮮感的臺北，常投稿報刊雜誌，常拜訪前輩作家。有一天，我到西門町峨嵋街救國團去領新詩比賽得獎的獎金，順道去附近的《聯合報》和《公論報》社。我到《公論報》社問起副刊主編畢璞，說明我常有作品發表，就有人給了我她家的住址。距離報社不遠，在成都路、西門國小附近。那時候我年輕不懂事，大家也少用電話，所以就直接登門造訪了。見面時談話不多，記憶中，畢璞說過她先生也在《公論報》上班，她如何編副刊，還有她兒子正讀師大附中，希望將來也能考上台大等。辭別時，畢璞說了一句，聽說台大校園春天杜鵑花開得很盛很好看。我謹記這句話，所以第二年的春天，投稿信中附帶留言，歡迎她跟朋友來台大校園玩。就因為這樣，畢璞和鍾麗珠在民國五十一年的春季，相偕來參觀台大校園。

確切的日期記不得了。畢璞說連哪一年她都不能確定。我翻開我隨身帶來送她的光啟版散文集《微波集》，指著一篇〈鄉愁〉後面標明的出處，民國五十一年四月二十七日發表於《公論副刊》。經此指認，畢璞稱讚我的記性和細心，而且她竟然也記起了當天逛傅園後，我請她們到福利社吃牛奶雪糕的往事。

很多人都說我記憶力強，但其實也常有模糊或疏忽之處。例如那一天下午談話當中，我提起雨中路過杭州南路巧遇《自由青年》主編呂天行，以及多年後我在西門町日新歌廳前再遇見他，聽他告訴我「驚天大祕密」的時候，確實的街道名稱，我就說得不清不楚，更糟糕的是，畢璞再次提起她主編《婦友》月刊的期間，真不記得邀我寫過專欄。一時間，我真無辭以對。當事人都這麼說了，我該怎麼解釋才好呢？好在我們在談話間，曾提及王璞、呼嘯等人，似乎又給了我重拾記憶的契機。

我私下告訴德屏，《婦友》確實有我寫過的詩歌專欄，雖然事忙只寫了幾期，但這些文章後來都曾收入我的《先秦文學導讀・詩辭歌賦》和《從詩歌史的觀點選讀古詩》等書中，白紙黑字，騙不了人的。會不會畢璞記錯，或如她所言不在她主編的期間別人約的稿呢？

那天晚上回家後，我開始查檢我舊書堆中的期刊，找不到《婦友》，卻找到了王璞主編的《新文藝》和呼嘯主編的《青年日報》副刊剪報。他們都曾約我寫過詩詞欣賞專欄，印象中有一個與《婦友》大約同時。尋檢結果，查出連載的時間，《新文藝》是民國七十一年，《青年日報》則是民國七十七年。到了十月十二日，再比對資料，我已經可以推定《婦友》刊登我詩歌專欄的時間，應該是在民國七十七年七、八月間。

十月十三日星期一中午，我打電話到《文訊》找德屏，她出差不在。我轉請秀卿代查，傍晚她回覆，已在《婦友》民國七十七年七月至十一月號，找到我所寫的〈古歌謠選講〉，當時的總編輯就是畢璞。事情至此告一段落。記憶中，是一次作家酒會邂逅時畢璞約我寫的。寫了幾期，因為事忙，又遇畢璞調離編務，所以專欄就停掉了。這本來就是小事一樁，無關宏旨，豁達的畢璞不會在乎這個的，只不過可以證明我也「老來可喜」，記憶尚可而已。

三

「老來可喜」，是畢璞當天送給我看的兩本書，其中一本散文集的書名，語出宋代詞人朱敦儒的〈念奴嬌〉詞。另外一本是短篇小說集，書名《有情世界》。根據書後所附的作品目錄，原來畢璞的作品集，已出三、四十本。她挑選這兩本送我看，應該有其用意吧。看《老來可喜》這本散文集，可知她的生平大概；看《有情世界》這本短篇小說集，則可知她的小說特色所在。初讀的印象，她的作品，無論是散文或小說，從來都不以技巧取勝，就像她的筆名一樣，是未經琢磨的玉石，內蘊光輝，表面卻樸實無華，然而在樸實無華之中，卻又表現出一個共同的主題。一言以蔽之，那就是「有情世界」。其中有親情、愛情、人情味以及生活中的情趣。因此，讀來特別溫馨感人，難怪我那罕讀文藝創作的妻子，也自稱是她的忠實讀者。

讀畢璞《老來可喜》這本散文集，可以從中窺見她早年生涯的若干側影，以及她自民國三十八年渡海來台以後的生活經歷。其中寫親情與友情，敘事中寓真情，雋永有味，誠摯而動人。寫懷才不遇的父親，寫遭逢離亂的家人，寫志趣相投的文友，娓娓道來，真是扣人心弦。

其中〈西門懷舊〉一篇，寫她康定路舊居的一些生活點滴，更讓我玩味再三。即使寫她身邊瑣事的小小感觸，寫愛書成癡，愛樂成癡，寫愛花愛樹，看山看天，也都能使我們讀者體會到「生命中偶得的美」，享受到「小小改變，大大歡樂」。「生命中偶得的美」和「小小改變，大大歡樂」，正是她文集中的篇名。我們還可以發現，身經離亂的畢璞，涉及對日抗戰、國共內戰的部分，著墨不多，多的是「此身雖在堪驚」，「老來可喜，是歷遍人間，諳知物外」。這也正是畢璞同一時代大多婦女作家的共同特色。

讀《有情世界》這本小說集，則可發現：畢璞散文中寫得比較少的愛情題材，都寫進小說裡了。畢璞說過，小說是她的最愛，因為可以滿足她的想像力。讀完這十六篇短篇小說，我們確實可以發現，她的小說採用寫實的手法，勾勒一些時代背景之外，重在探討人性，敘寫一些有情有義的故事。特別是愛情與親情之間的矛盾、衝突與和諧。小說中的人物和故事，有真有假，「真」的往往是根據她親身的經歷，「假」的是虛構，是運用想像，無中生有塑造出來的。她把它們揉合在一起，而且讓自己脫離現實世界，置身其中，成為小說中人。

因此，我讀畢璞的短篇小說，覺得有的近乎散文。尤其她寫的書中人物，大都是我們城鎮小市民日常身邊所見的男女老少，故事題材也大都是我們城鎮小市民幾十年來所共同面對的移民、出國、旅遊、探親等話題。或許可以這樣說，較之同時渡海來台的作家，畢璞寫的小說，罕有激情奇遇，缺少波瀾壯闊的場景，也沒有異乎尋常的角色，既沒有朱西甯、司馬中原筆下的鄉野氣息，也沒有白先勇筆下的沒落貴族，一切平平淡淡的，可是就在平淡之中，卻能給人親近溫馨之感。表面上看，她似乎不講求寫作技巧，但仔細觀察，她其實是寓絢爛於平淡。像〈生命共同體〉一篇，寫范士丹夫婦這對青梅竹馬的患難夫妻，到了老年還為要不要移民美國而引起衝突，高潮迭起，正不知作者要如何收場，這時卻見作者藉描寫范士丹的一些心理活動，利用廚房下麵一個小情節，就使小說有個圓滿的結局，而留有餘味。〈春夢無痕〉一篇，寫梅湘退休後，到香港旅遊，在半島酒店前香港文化中心，竟然遇見四十多年前四川求學時代的舊情人冠倫。四十多年來，由於人事變遷，兩岸隔絕，二人各自男婚女嫁，都已另組家庭，正不知作者要如何安排後來的情節發展，這時卻見作者利用梅湘的一段心理描寫，也就使小說有個出人意外而又合乎自然的結尾，不會予人突兀之感。這些例子，說明了作者並非不講表現藝術，只是她運用寫作技巧時，合乎自然，不見鑿痕而已。所以她的平淡自然，不只是平淡自然，而是別有繫人心處。

四

畢璞同時的新文藝作家，有三種人給我的印象特別深刻。一是軍中作家，以寫新詩和小說為主，強調創新和現代感；二是婦女作家，以寫散文為主，多藉身邊瑣事寫人間溫情；三是鄉土作家，以寫小說和遊記為主，反映鄉土意識與家國情懷。這是二十世紀五、六十年代前後臺灣新文藝發展史上的一大特色。這三類作家的風格，或宏壯，或優美，雖然成就不同，但套用王國維的話說，都自成高格，自有名句，境界雖有大小，卻不以是分優劣。因此有人嘲笑婦女作家多只能寫身邊瑣事和生活點滴，那是學文學的人不該有的外行話。

畢璞當然是所謂婦女作家，她寫的散文、小說，攏總說來，也果然多寫身邊瑣事，或者說，多藉身邊瑣事寫溫暖人間和有情世界。但她的眼中充滿愛，她的心中沒有恨，所以她的筆端流露出來的，每一篇作品都像春暉薰風，令人陶然欲醉；情感是真摯的，思想是健康的，真的適合所有不同階層的讀者。

一般而言，人老了，容易趨於保守，失之孤僻，可是畢璞到了老年，卻更開朗隨和，更為豁達，就像玉石，愈磨愈亮，愈有光輝。她特別欣賞宋代詞人朱敦儒的「老來可喜」那首〈念奴嬌〉詞。她很少全引，現在補錄如下：

老來可喜，是歷遍人間，諳知物外。
看透虛空，將恨海愁山，一時挼碎。
免被花迷，不為酒困，到處惺惺地。
飽來覓睡，睡起逢場作戲。

休說古往今來，乃翁心裡，沒許多般事。
也不蘄仙不佞佛，不學栖栖孔子。
懶共賢爭，從教他笑，如此只如此。
雜劇打了，戲衫脫與獃底。

朱敦儒由北宋入南宋，身經變亂，歷盡滄桑，到了晚年，勘破世態人情，不但主張不學栖栖皇皇的孔子，說什麼經世濟物，而且也認為道家說的成仙不死，佛家說的輪迴無生，都是虛妄的空談，不可採信。所以他自稱「乃翁」，說你老子懶與人爭，管它什麼古今是非，說人生在世，就像扮演一齣戲一樣，各演各的角色，逢場作戲可矣，何必惺惺作態，說什麼愁呀恨呀。一旦自己的戲份演完了，戲衫也就可以脫給別的傻瓜繼續去演了。這首詞表現的人生觀，雖然豁達，卻有些消極。這與畢璞的樂觀進取，對「有情世界」處處充滿關懷，是不相契的。我想畢璞喜愛它，應該只愛前面的幾句，所以她總不會引用全文，有斷章取義的意思吧。

畢璞《老來可喜》的自序中，說西方人把老年分成三個階段：從六十五歲到七十五歲是「初老」，從七十六歲到八十五歲是「老」，八十六歲以上是「老老」；又說「初老」的十年是人生最美好的黃金時期，不必每天按時上班，兒女都已長大離家，內外都沒有負擔，沒有工作壓力，智慧已經成熟，人生已有閱歷，身體健康也還可以，不妨與老伴去遊山玩水，或抽空去學習一些新知，以趕上時代。想做什麼就做什麼，豈非神仙一般。畢璞說得真好，我與內子現在正處於「初老」的神仙階段，也同樣覺得人間有情，處處充滿溫暖，這幾天讀畢璞的書，益發覺得「老來可喜」，可喜者三：老來讀畢璞《老來可喜》，一也；不久之後，可與老伴共讀「畢璞全集」，二也；從今立志寫自己不像傳記的傳記，彷彿回到自己的青春時期，三也。

民國一〇三年十月十五日初稿

（吳宏一：學者，作家，曾任臺灣大學中文系教授、香港中文大學中文系、香港城市大學中文、翻譯及語言學系講座教授，著有詩、散文、學術論著數十種。）

【自序】長溝流月去無聲——七十年筆墨生涯回顧

畢璞

「文書來生」這句話語意含糊，我始終不太明瞭它的真義。不過這卻是七十多年前一個相命師送給我的一句話。那次是母親找了一位相命師到家裡為全家人算命。我從小就反對迷信，痛恨怪力亂神，怎會相信相士的胡言呢？當時也許我年輕不懂，但他說我「文書來生」卻是貼切極了。果然，不久之後，我就開始走上爬格子之路，與書本筆墨結了不解緣，迄今七十年，此志不渝，也還不想放棄。

從童年開始我就是個小書迷。我的愛書，首先要感謝父親，他經常買書給我，從童話、兒童讀物到舊詩詞、新文藝等，讓我很早就從文字中認識這個花花世界。父親除了買書給我，還教我讀詩詞、對對聯、猜字謎等，可說是我在文學方面的啟蒙人。小學五年級時年輕的國文老師選了很多五四時代作家的作品給我們閱讀，欣賞多了，我對文學的愛好之心頓生，我的作文成績日進，得以經常「貼堂」（按：「貼堂」為粵語，即是把學生優良的作文、圖畫、勞作等掛在教室的牆壁上供同學們觀摩，以示鼓勵）。六年級時的國文老師是一位老學究，選了很多古文做教材，使我有機會汲取到不少古人的智慧與辭藻；這兩年的薰陶，我在不知不覺中變成了文學的死忠信徒。

上了初中，可以自己去逛書店了，當然大多數時間是看白書，有時也利用僅有的一點點零用錢去買書，以滿足自己的書癮。我看新文藝的散文、小說、翻譯小說、章回小說……簡直是博覽群書，卻生吞活剝，一知半解。初一下學期，學校舉行全校各年級作文比賽，小書迷的我得到了初一組的冠軍，獎品是一本書。同學們也送給我一個新綽號「大文豪」。上面提到高小時作文「貼堂」以及初一作文比賽第一名的事，無非是證明「小時了了，大未必佳」，更彰顯自己的不才。

高三時我曾經醞釀要寫一篇長篇小說，是關於浪子回頭的故事，可惜只開了個頭，後來便因戰亂而中斷，這是我除了繳交作文作業外，首次自己創作。

第一次正式對外投稿是民國三十二年在桂林。我把我們一家從澳門輾轉逃到粵西都城的艱辛歷程寫成一文，投寄《旅行雜誌》前身的《旅行便覽》，獲得刊出，信心大增，從此奠定了我一輩子的筆耕生涯。

來台以後，一則是為了興趣，一則也是為稻粱謀，我開始了我的爬格子歲月。早期以寫小說為主。那時年輕，喜歡幻想，想像力也豐富，覺得把一些虛構的人物（其實其中也有自己和身邊的人的影子）編出一則則不同的故事是一件很有趣的事。在這股原動力的推動下，從民國四十年左右寫到八十六年，除了不曾寫過長篇外（唉！宿願未償），我出版了兩本中篇小說、十四本短篇小說、兩本兒童故事。另外，我也寫散文、雜文、傳記，還翻譯過幾本英文小說。到民國一〇一年，我總共出版過四十種單行本，其中散文只有十二本，這當然是因為散文字數少，不容易結集成書之故。至於為什麼從民國八十六年之後我就沒有再寫小說，那是自覺年齡大了，想像力漸漸缺乏，對世間一切也逐漸看淡，心如止水，失去了編故事的浪漫情懷，就洗手不幹了。至於散文，是以我筆寫我心，心有所感，形之於筆墨，抒情遣性，樂事一樁也，為什麼放棄？因而不揣譾陋，堅持至今。慚愧的是，自始至終未能寫出一篇令自己滿意的作品。

為了全集的出版，我曾經花了不少時間把這批從民國四十五年到一百年間所出版的單行本四十種約略瀏覽了一遍，超過半世紀的時光，社會的變化何其的大：先看書本的外貌，從粗陋的印刷、拙劣的封面設計、錯誤百出的排字；到近年精美的包裝、新穎的編排，簡直是天淵之別。由此也可以看得出臺灣出版業的長足進步。再看書的內容：來台早期的懷鄉、對陌生土地的神奇感、言語不通的尷尬等；中期的孩子成長問題、留學潮、出國探親；到近期的移民、空巢期、第三代出生、親友相繼凋零……在在可以看得到歷史的脈絡，也等於半部臺灣現代史了。

坐在書桌前，看看案頭成堆成疊或新或舊的自己的作品，為之百感交集，真的是「長溝流月去無聲」，怎麼倏忽之間，七十年的「文書來生」歲月就像一把把細沙從我的指間偷偷溜走了呢？

本全集能夠順利出版，我首先要感謝秀威資訊科技股份有限公司宋政坤先生的玉成。特別感謝前台大中文系教授吳宏一先生、《文訊》雜誌社長兼總編輯封德屏女士慨允作序。更期待著讀者們不吝批評指教。

民國一〇三年十二月

目次

別有天地非人間

我對音樂的喜愛，可以說開始得很早，也可以說開始得很遲。說早嘛！在我上高小的時候，就懂得去喜歡真正的好歌；說遲嘛！我對音樂開始有系統的欣賞，僅僅是這十多年來的事。

在我自己的家裡，從來不曾有一個人喜歡過音樂。小時候家裡雖然有一部有一個大喇叭的留聲機，可是唱片少得可憐。我記得好像只有一些平劇和粵劇的唱片，因為我的父親喜歡聽梅蘭芳和馬連良，而母親卻喜歡聽薛覺先。在家裡，我從來不曾接觸過西洋音樂。

雖然如此，我對音樂的濃厚興趣卻像佛家所說「夙有慧根」似的，早就在我小小的心靈中潛伏著。到了小學六年級，遇到了一位好的音樂老師，它就開始萌芽滋長。那位老師在指定的課本之外，還教了我們不少「好聽」的歌。那些美妙的旋律把我帶到另外一個鳥語花香的世界裡。啊！原來唱歌也可以解憂，琴聲是這麼悅耳，為什麼許多同學們還要討厭上音樂課呢？那些「好聽」的歌，到後來長大了才知道全是世界名曲。「母親看我吧！」就是瑪斯卡尼的「鄉村騎士」中的間奏曲；「秋夜」就是那首有名的愛爾蘭民謠 “Believe me If All Those Endearing

Young Charms"。此外，還有許許多多著名的歌曲都在那個時候就學會了，後來長大後再唱，便有如晤故人的樂趣。

上初中時我是個頑童，常常在上音樂課時和同學溜到操場上打籃球；上了高中，幸虧又遇到一位好的音樂老師，否則的話，恐怕我也會像隔壁王大媽一樣只懂得欣賞黃梅調了。

那時，正值抗戰末期，那些抗日歌曲像：「長城謠」、「玉門出塞」、「歌八百壯士」、「旗正飄飄」、「歸不得故鄉」……，一首一首都是又好聽又雄壯。老師除了教唱抗日歌曲，還把《一百零一首最好的歌》這本風行全世界的歌本採用作為教材；從此，我不但會唱本國的歌曲，美國、蘇格蘭、愛爾蘭、德國、法國、西班牙、義大利等許多地方的民歌都學會了。而其中最使我陶醉的是把英詩譜曲的歌曲，曲與辭都一樣美，唱起來真夠抒情。

高中畢業時，我們那一班演出了一齣小型的英文歌劇，我是配角之一。別瞧我是個木訥的人，在那齣歌劇中，除了合唱外，我還說了幾句獨白哩！那是我有生以來的第二次上臺演戲（第一次是讀幼稚園時演「葡萄仙子」），到如今，那些劇照我還珍藏著。

那時，我雖熱中於唱，甚至曾經嘗試過自己作曲；可是，我對音樂仍然絲毫不懂，尤其是器樂方面，簡直是門外漢。直至有一次……

那是一個初秋的涼夜，我剛上大學不久。那時，我們的學校借用港大校舍，我們是在晚上去上課的，就像現在夜間部的學生一樣。下課時，我和一個同學經過大禮堂，聽見裡面有音樂的聲音傳出來，兩個人就好奇地走進去。原來，是一隊管弦樂隊在練習哩！當時，我不但不曾看過管弦樂隊演奏，就連任何管弦樂都沒聽過；但是，不知怎的，那和諧悅耳的急管繁弦吸引了我，在那空蕩蕩的大禮堂中，我和我的同學兩個人就做了唯一的聽眾。我們把手搭在前面的椅背上，然後又把下巴擱在手背上，像兩個闖進仙宮的小孩子，聽得入了迷，竟忘了回家的時間。到了曲終人散，我們在初秋的涼風中漫步下山時，猶覺餘音繞耳，如飲醇醪。那是我第一次聆聽器樂，其實我根本就不懂得那首樂曲是什麼。後來，我在日記中記下我第一次聽管弦樂的感想，除了引用了許多「琵琶行」中的句子來形容外，其中有兩句好像是：「……小提琴的聲音像竊竊私語般漸漸消失，忽然，又是管弦交作，聲音澎湃，恍如萬馬奔騰，凌空而至……」啊！如此美妙而變化無窮的音樂，是貝多芬的交響樂？還是華格納的序曲？當時我竟懵然無知，多麼可惜！

以後，就是一連串的逃難和顛沛流離，後來又走進家庭，生兒育女；嬰兒的哭聲代替了音樂，有好幾年，我迷失了自己。

然後，到了十一、二年前，我因為工作的關係，常常有機會接觸唱片，而唱片當然也就離不開音樂，於是，我心靈中那一星星愛好音樂的火花又被點著而燃燒起來。從收音機裡，我貪婪地、狂熱地從早到晚的收聽著每一個電臺的古典音樂節目。起初，我只喜歡聽藝術歌——因為那是我高中時代唱過的——慢慢地，我開始喜歡鋼琴和小提琴的小品，接著是歌劇和管弦小品，最後，才懂得欣賞協奏曲和交響樂。等到我愛上了協奏曲和交響樂時，那些比較通俗的歌曲和小品已不能滿足我了。

自從愛上了音樂之後，我彷彿走進了一個新的天地裡。在那裡，仙樂終年繚繞著，沒有煩惱，沒有憂愁，所看到的，一切都是美的化身，到此我才領悟到，音樂也和文學一樣，可以表現出人類的任何情操。我又常常感到不明白，那些音樂大師們的時代、國族和我都截然不同，為什麼我能夠在他們的作品中聆聽到他們的心聲呢？難道人類的心靈是不論古今中外都會相通的嗎？除了文學以外，我以前本來最喜歡美術的；可是，我如今又見「異」思「遷」了，我覺得無形的音樂比有形的圖畫更美、更耐人尋味。莫札特的明快、貝多芬的雄壯、韓德爾的神聖、孟德爾松的華麗、蕭邦的淒美、柴可夫斯基的沈鬱、華格納的豪邁、布拉姆斯的富於哲學意味、李斯特的熱情奔放，……無一而不令我沈醉、令我傾倒。我也常常懷疑他們的腦子是怎樣構造的，為什麼能夠創造出那麼多不朽而又美麗的樂章？

在所有的樂曲中，我偏愛著鋼琴協奏曲，尤其偏愛每一首鋼琴協奏曲的第二樂章。因為我愛鋼琴琤琮而清脆的音色，而鋼琴協奏曲的第二章都是慢板，那如泣如訴、宛轉悠揚的旋律，正投合了我微微有點憂鬱的個性。

以前，我喜歡在三餐的時候聽音樂，我感到這是帝王的享受。真的，有了音樂作裝飾，即使是土階茅茨也會變成皇宮的。何況，在十九世紀的歐洲，也的確只有帝王和貴族們才能夠在進餐時有樂隊為他們奏樂。我真感謝發明唱片的愛迪生，否則的話，我又怎能有這種「奢侈」的享受呢？

有些人喜歡在寫文章和看書的時候聽音樂；但是我卻喜歡在縫紉或者燒飯時聽。因為在心無二用的原則下，如果在寫文章和看書時聽音樂，就勢必顧得了寫讀顧不了聽，結果是兩頭落空。在縫紉或燒飯時，頭腦是空著的，可以全神貫注於音樂而無礙；如今，一面燒飯一面聽音樂已成為我的日課，有了美妙音樂的調劑，我對廚房工作也沒有那麼討厭了。有時想想也覺可笑，燒飯和古典音樂是距離多遠的兩回事呀！在這個世界上，不知有幾個人會像我這樣把兩件事拉在一塊兒的呢？

我知道，像我這樣一大把年紀的人，除了學音樂的以外，對音樂入迷的恐怕不多。到現在為止，我只有一個朋友在這方面和我完全是志同道合的，我和她所愛好的樂曲完全相同，談起音樂，從來不會抬槓。她搜集了不少好唱片，我每次到她家裡去，她總要問一句：「要不要聽唱片？」說著，她不等我同意，就放起我們共同愛聽的唱片來。但是，我們兩個人要談的話太多了，往往，只顧談話而忘了聽音樂，結果總是談者自談，讓唱片在那邊空轉，這時的我們，真像兩個愛嚼舌根的女人而不像古典音樂的愛好者。

在我的薰陶下，我的孩子們對音樂也都很感興趣。尤其是大孩子，他已漸入狂熱的階段，前些日子還告訴我他想自己作曲哩！一想到他和二十幾年前的自己完全一樣時，不由得吃了一驚！一代與一代之間相距何短！人生又何其有限！

有一天，假使我不幸而身患絕症，我唯一的要求就是給我盡情地聽我所愛的音樂。我需要那些優美的旋律去撫慰我哀傷的靈魂，我要那些奇妙的音符幫助我忘卻痛苦。「音樂是天使的言語」，「音樂可以治病」，誰說不是？短命詩人濟慈還說過：「讓我死時獲得音樂，我再也不用找尋其他快樂了。」啊！難道是巧合？為什麼我和他「英雄之見略同」？

古人為了鼓勵青年人讀書，所以製造出「書中自有黃金屋，書中自有顏如玉」這兩句功利主義的話。我無意強迫別人去喜愛音樂，但是我卻要說在音樂的世界中的確是「別有天地非人間」。「此曲只應天上有，人間那得幾回聞？」不親身去體會去領略，箇中真趣，待與何人說？

唱吧！朋友！

這幾天，我的心裡一直在唱著一首美妙的歌曲；當我在走路時、在炒菜時、在洗碗時，那輕柔明快的旋律就會輕輕地在我的心中奏出，或者低低地在我的嘴邊哼著。

朋友，我真想讓你也聽得見這首美麗的小歌，可惜我的歌喉太瘖啞，我的手指又笨拙得不會彈奏任何樂器，在稿紙上又不能把樂譜寫出來。那麼，我告訴你吧！朋友，這首美麗的小歌叫做「愛之喜悅」，也就是幾天以前的一個晚上，那位風度高雅的日本女高音在慈善音樂會上演唱的第一首歌。這首歌我本來就已經很喜愛，自從它從那位高貴嫻雅的女歌唱家口中唱出來以後，更是變成了我最喜歡的小曲，到如今，那柔美的旋律仍舊縈迴耳際，何止是繞樑三日啊？

描寫愛的樂曲多得很：李斯特的「愛之夢」、克萊斯勒的「愛之苦」和「愛之樂」、格里格的「我愛你」……，全都美麗而又悅耳；然而，也全都比不上這首「愛之喜悅」。它是那麼溫柔、和婉而又愉悅，清麗得沒有半點人間煙火氣，卻是傳神地把一個少女初嘗到愛情滋味時的心情表露無遺。我每次聽到這首歌曲時，就會幻想出一個垂著一頭黃金色的柔髮、穿著純白色長袍的赤足少女，坐在溪邊向溪水低訴衷曲。我為什麼會把少女幻想成穿長袍和赤腳的呢？因為這樣才能夠和歌曲本身不食人間煙火的氣氛相配；而且，這首歌曲有一點點像莫札特的風格，所以，我心中的圖畫也就多少帶點古典情調了。

這幾天，當我在心中不斷地歌唱著「愛之喜悅」時，孩子們也不斷地在唱著比才的「神的羔羊」的片段，那是因為他們最近在收音機裡聽到而馬上愛上了它的。孩子們受了我的影響，很早就懂得喜歡音樂，最小的平兒在一歲時能哼出「天鸝之歌」裡面的一句，三、四歲時就會直著喉嚨唱「鬥牛士之歌」的旋律而使我們驚為神童，雖然他現在已不肯唱。老三也是自從離開幼稚園以後在家裡絕對不敢唱歌的，不過，他們兄弟四個全都喜歡音樂卻是事實。老大老二在做功課時老是吹著口哨，可喜的是他們吹的不是時下少年所醉心的所謂熱門音樂，而首首都是世界名曲，否則，在我們那間狹小的屋子裡，我真不知躲到哪裡去才好？

有時，我在洗碗盤或者在做什麼不必花腦筋的工作時，總會輕輕地哼著歌；於是，從另外一個房間，就會傳來應和的口哨聲，或高或低的，那就是孩子們在為我伴奏啊！他們的記憶力比我強，我忘記了的部分，一問他們，他們就會用口哨吹給我聽。我們兩代都沒有機會學琴或學唱（孩子們也已超過應該開始學琴的年齡了），不過，我們卻是個真正愛好音樂的家庭。這幾天我們「流行」著唱「愛之喜悅」和「神的羔羊」，過幾天也許又會是別的歌曲了。

當我走在路上時，尤其是心中有煩惱時，我必定會在心裡唱著歌，把我所熟知的世界名曲在心底吟誦著。那些複雜的旋律也許我沒有辦法在嘴上唱出來；然而，在心底卻真是清清楚楚地聽得見的。在我的心底，彷彿有著一隊管弦樂隊或者是一部電唱機。聽著那些無聲的音樂，我的腳步自然輕鬆了起來，我的煩惱也會消失得無影無蹤。

朋友，我不知道你喜歡音樂不？唱吧！朋友，何以解憂？唯有樂曲！

人類的心聲

聽莫札特的樂曲可以使人歡欣鼓舞，忘記煩憂；聽貝多芬的交響樂，可以使人不期而然地起了肅穆神聖之感；聽蕭邦的夜曲，心底就會泛起淡淡的哀愁；聽柴可夫斯基的作曲，往往會感到憂傷悱惻，抑鬱難當。……

這些音樂大師們，不但和我們「蕭條異代不同時」，而且在地域上又是東西相隔，迢迢萬里，言語不相通，思想不相同；然而，在兩百年後的今日，為什麼我們這些不懂音律的人，卻能夠從他們所創造的樂章中，領略到他們的情感而發生共鳴呢？

這就是人類的心聲！音樂是人類共同的言語，不需要用任何文字去詮釋，只要你願意去聽，你自然會聽得懂。

聽琴

我不知道為什麼我今夜睡不著，是天氣太熱？還是因為飯後那盞太濃的香茗？我不知道。我在竹蓆上翻來覆去，透過潔白的尼龍帳了，我睜著毫無倦意的眼睛，望著印在玻璃窗上的搖曳的樹影，這一幅筆觸美妙的黑白圖案，給予我以心靈上無上的享受，漸漸地，我忘卻了失眠的苦惱，雙眼不由自主地闔了起來。

就在我半睡半醒的那一段辰光，我聽見了一陣琮琮琤琤的聲音，遙遠地、忽緩忽急地、幽怨地、清脆地，進入我的耳鼓。是流水的嗚聲嗎？是珠落玉盤？我神志不清的猜想著，然後，當我完全清醒過來以後，我認出了那是古琴的聲音，而這琴聲是自鄰家的收音機發出。

平日，我最討厭人家在三更半夜裡開收音機擾人清夢；可是，今夜這靜美的琴聲又似乎例外。因為它的情調是那麼的配合這寧靜的夜晚，它單調而不沉悶，琤琤琮琮地一聲聲訴出了悲壯、蒼涼、落寞、幽怨的心曲，使我想起了易水邊擊筑的高漸離以及潯陽江頭彈琵琶的那個商人婦。

小時候在家鄉就曾聽見過一個盲女彈古琴，聲聲淒切，聞之令人落淚。今夜的琴聲雖然沒有那麼哀愁，但也彷彿似之。唉！這個晚上我恐怕是註定要失眠的了。

四重奏

鋼琴

在樂器中，我對鋼琴有著偏愛，因為它那鏗鏘的金石之聲，有著泱泱大國的王者之風。鋼琴的音色如松風、如海濤，適宜於表現雄渾的樂曲，樂聖貝多芬的「皇帝協奏曲」，堪為代表。然而，鋼琴也有靜美的一面，德布西的幾首小品，不都是幽靜得如月夜的溪流和春暮的落花一樣嗎？

我愛鋼琴，因此，白髮蕭蕭的修士鋼琴之王李斯特、「蒼白的」「憂鬱的」鋼琴詩人蕭邦、十指在琴鍵上如有魔術的鋼琴王子魯賓斯坦，都變成了我心中的神。呀！我怎能如此自私？世界上所有的音樂家都是為人類釀造歡樂香醪的酒神啊！

小提琴

若說鋼琴是樂器中之王，那麼，小提琴便是樂器中的皇后了。它的音色嬌柔，適宜於表現纏綿婉約的曲子。「天方夜譚組曲」中那段反覆不斷的小提琴旋律，即使一個絲毫不懂音樂的人，也不難聽得出那是一個美女的嚦嚦鶯聲。

小提琴的聲音像潺潺流水，像乳鶯初啼，平和而悅耳。一些比較通俗的小提琴小品，沒有人會不喜歡的。

我最喜愛的是每一首小提琴協奏曲中的第二樂章，那種如泣如訴的慢板常常使得我心欲碎，但是我還是發狂地喜歡聽，也許這正是一種Bitter Sweet吧？

吉他

近來，我忽然對一向不屑一顧的吉他有了好感，這並非由於我家最近買了一隻吉他，而是因為它那懶洋洋的情調很配合炎夏永晝。

記得在一部譯名為「陽光普照」的法國片裡面，在單調的、徐緩的吉他配樂中，攝影機的鏡頭引導觀眾的眼睛走進一間空蕩蕩的屋子裡，走上樓梯，穿過迴廊，靜靜的樓頭有一個寂寞的少女蜷坐在沙發一隅，懷抱著吉他，正無聊地撥動琴弦，那淒涼的琴聲，比哭還使人難受。

在我的想法中，吉他應該是如此的，如此才有詩情畫意。我家的吉他一買回來，孩子們便全都會彈奏。於是，在這炎夏的永晝中，我整天都可以聽到那慵懶的、緩慢的、單調的琴音，它一點也不吵人，相反的，卻為我在苦熱的日子中平添不少情趣。

管樂

我永遠分辨不出什麼單簧管、雙簧管、巴松管、英國號、法國號這些管樂的音色，因為我懶得去死記。對我而言，管樂另外具有一種樸素的、村野的、原始的情調，那是其他的樂器所無的。

「中亞細亞草原」中牧羊人的號角，「大峽谷」、「新世界交響曲」、「田園交響曲」等，裡面的管樂部分，都曾給予我美的幻想和美的感受。

國樂中的簫和笛我也比較喜歡，簫聲淒楚而笛聲清越，簫聲令人想到孤舟中的嫠婦，笛聲令人想起牛背上的牧童。啊！想到這裡，鄉愁突然泉湧。我雖然並沒有聽到「誰家玉笛暗飛聲」，然而，只要一談到與家鄉有關的事情，便難免不起故園情了。

海和貝殼

我生長在海邊，從小，對海就有濃烈的感情。

孩子們也稟賦了我愛海的天性，夏天一到，天天嚷著要到海濱去玩。

我們挑選了一處遊人不多的海濱，避開了週末的擁擠，在一個悠閒的清晨親近了海。下了車，走近一座叢林的時候，我們聽見了海濤的澎湃聲，也聞見了海水的鹹味。四個小毛頭跳起來了，我也不禁閉目做了一次深呼吸。呀！海的孩子們回到了母親的懷抱。

像一隊在中非洲探險的獵人，我們撥開蔓生的野草，穿過低垂的枝椏，還得提防腳下的蛇蟲，戰戰兢兢地穿過了叢林。海在前面向我們招手，我們都有著大無畏的精神。

金黃色的沙灘、碧綠色鑲著波浪形白邊的海呈現在目前了。噢！空氣清鮮得像是新生嬰兒的呼吸；我們的視野多麼廣闊，青山綠水一色，天連水，水連天，無盡無垠；我們彷彿是進入了另外一個世界。

孩子們呼嘯著，赤足走入淺水中；今天風大，浪也不小，他們游泳的技術有限得很，就讓他們在沙灘上戲水好了。火固然玩不得，水也不是好惹的。

海濤一層接一層的衝向灘上來，白色的波浪衝過來一次，孩子們就發出一陣驚叫與歡笑交集的呼聲。這呼聲，代表了人類愛好刺激的天性的滿足。

孩子們的笑聲引誘了我，我也不甘寂寞的要接受一次海的洗禮（罪過！其實是濯足）。多舒服！軟軟的沙土，冰涼的海水，但願我在這裡生了根，變成一株植物。一陣潮水衝來，我竟嚇得落荒而逃。愛海的植物，何其膽小如鼠！

到底不是玩的年紀了，水浸不到的地方沙石熱得燙腳，我穿上鞋子，專心一志去掇拾貝殼。貝殼，是海娘娘的美麗首飾；海娘娘有著太多的首飾，自己戴用不完，慷慨地撒在沙灘上，讓她的兒女們拾取。長的、圓的、捲著的、有刺的；白色的、黃色的、紫色的、咖啡色的、花紋的；貝殼的形狀和色彩可真多，但是，我只分別得出蚌殼和螺絲殼。

一方小手帕快兜滿了，彎著的腰也疼了，找一處樹蔭坐下來，檢視我的收穫物。起初是覺得這個好看那個也好看，巴不得把整個海灘上的貝殼都帶回去；然而，當我想到家中箱子中我自童年保留到現在，那盒子已經把玩得光溜溜的貝殼，就覺得這些完全微不足道。我揀起了一粒渾圓渾圓的純黑小石子留作紀念，把其餘的通通扔掉。

我才丟完，孩子們卻已戲水厭了，要到岸上來找尋他們的寶藏。他們孜孜不倦，興致勃勃的，撿起了一粒又一粒，每人都撿了滿滿的一口袋。

我說：這些貝殼並不好看，別撿那麼多了。他們卻說：很好看嘛！我們喜歡。

是的，這些粗糙而不美的貝殼將來會變得美麗的，當它們被歲月琢磨得光滑了，當它們被加上了甜蜜的童年的回憶時。

露台上

茱莉和我，加上兩家七個大大小小的孩子，在她家的露台上納涼。

這種機緣不常有，彼此鎮日窮忙，難得聚在一起，更難得有這份閒情逸致。在落日的餘暉中，大人和小孩都大聲談笑著，似乎我們到露台上只是為了談天，而不是為了乘涼。

從高處望去，臺北市好像四面環山，山巔的天畔有幾片淡紅的落霞，很美；附近有幾幢新蓋好的洋房，雅麗的彩色，襯托在閃金的夕陽中，也很美。最高的那幢是觀光旅館，露台上掛起一串紅紅綠綠的小燈籠，使人想起了電影中的鄉村舞會。

月牙兒出來了，彎彎的、細細的，像一痕指甲；剛出來時是金黃色的，慢慢就變成了銀白。

夏夜的繁星也點點的出現了，大的小的、光的暗的，疏疏密密綴滿在天空，數也數不清；仰望蒼穹，但覺深不可測。大兒子指著星空，告訴我哪裡是大熊星座和小熊星座；忽然，我很煞風景地感覺到這兩座星座與其說是像兩隻熊，不如說兩張熊皮被釘起來吧！

夜漸深，風漸涼，人漸倦，大人和孩子的笑語聲也都漸寂；我閉目瞑想，睡意漸來侵，若不是怕家中會被小偷光顧，真想鋪一張涼蓆在這裡，睡到天明。

沈寂中，年紀最小的小戇，咿咿呀呀地不成調的唱起了：「兩隻老虎，兩隻老虎，跑得快！跑得快！一隻沒有尾巴，一隻沒有腦袋！真奇怪！真奇怪！」

接著，第二個、第三個……也唱起來了，高高低低，粗粗細細的七種童聲合唱起這首有趣的輪唱曲。

我和茱莉不約而同的也參加了進去，於是，這小小合唱隊的陣容就更加擴大了。我們唱完了「兩隻老虎」，又唱「我是隻小小鳥」，因為這是我們九個人都能唱，最主要是小小戇也懂得的僅有的兩首曲子。

我們唱了一遍又一遍，直到喉嚨嘶啞，小戇兒也伏在他姐姐膝蓋上睡著了為止。可惜當時沒有錄音機，我真想能夠客觀地聽聽這老小九人的大合唱到底像不像百鳥歸巢。

喉嚨啞了，眼皮澀了，伸伸懶腰從藤椅中站起來，啜了一口冷茶，抬頭望了望夜空，無數星星正頑皮地向我眨著眼。

秋的絮語

落葉

假如說這世界上真的有所謂「缺憾美」的話，那麼，我是喜愛落葉多於盛放的花朵以及滿枝的繁綠的。我覺得：人們欣賞和歌頌盛開的花朵是一種趨炎附勢、錦上添花的行為，為什麼沒有人肯向飄零的落葉多看一眼。

惱人的長夏終於消逝了，枝頭無復繁花，西風微有涼意；於是，枯黃了的葉子開始一片又一片地從枝上落了下來。它們是那樣輕盈，在風中飛舞著的姿勢是那麼曼妙，它們沒有哀怨，只是順乎新陳代謝的自然律，回到泥土中。當我看到那一片片黃褐色的枯葉在無聲地慢慢飄落時，總是感到有一種難以形容的、不流凡俗的美，好像是一首孟德爾松的「無言歌」，無聲地譜出秋的旋律。

在秋天的樹林中散步，也是一種無上的享受。髮上、肩頭，不時飄來一片友善的葉子，當你把它拿到手上的時候，想到它那可憐的身世，一定會撫摩再三，不忍心把它丟棄。腳底下，是千千萬萬張落葉鋪成的地毯，走在上面多軟綿綿、多舒服啊！我還好像聽過一個小女孩說，走在落葉上的沙沙聲是她所最愛聽的聲音之一。噢！小妹妹，我告訴妳，這正是秋聲的一種呀！

秋水

可憐的我，在這個幾乎沒有秋天的海島上棲遲了十三年，已差不多把秋天的景色忘記了。在這裡，除了早晚的幾陣風使人感到有點秋意外，就再也找不到秋的踪跡。這些日子，我注意到天空特別藍，藍得特別好看，是屬於湖水的那一種，這，大概就是島上唯一的秋色了。

天特別藍，藍得像湖水，這使我想到王勃的名句：「秋水共長天一色」，秋水會像天空一樣的顏色？他所指的秋水是什麼呢？於是，我作了一番最淺易的「考據」工作；這個句子出自他的「滕王閣序」，滕王閣是在南昌，南昌距離鄱陽湖不遠，他所指的「秋水」，應該是鄱陽湖的湖水而不是贛江的江水才對吧？

我閉著眼，眼前現出一片茫茫無際，與天同色的湖水；西風過處，水波粼粼，岸畔蘆荻蕭蕭，蘆花似雪。啊！美麗的故國河山，我在夢中都忘不了你！

秋空的鴿群

生長在南國的我，從來不曾看見過一隻秋天的候鳥——雁；只在小學的課本裡看到過「雁兒飛成人字形」的文字和圖畫。

我一直渴望著看到秋空上的雁群；然而，我竟可憐得連燕子都極少看到。在都市中，唯一能經常看到在天空翱翔的禽類，只有鴿子。

我沒有飼養過鴿子，不知鴿子的習性，不知牠們喜歡在什麼天氣裡飛翔。也許牠們比較喜愛秋高氣爽的日子吧？要不，為什麼近來我窗外的天空常有成群的鴿子飛舞呢？

還有比這更美麗的圖畫嗎？在藍得像湖水的天幕下無數白羽在翱翔。大地是如此寧靜、安詳，牠們真不愧是和平的使者啊！這時，我忽地又想到一首在小學時曾經讀過的胡適先生的詩：

雲淡天高，
好一片晚秋天氣！
有一群鴿子，
在天空中遊戲。

看牠們三三兩兩，
迴環往來，猶夷如意；
忽地裡翻身映日，
白羽襯青天，鮮明無比！

手頭沒有書，不知有沒有記錯，總之大概是如此。在胡先生這首樸實無華的小詩裡，不是已把秋空中的鴿群描得淋漓盡致了嗎？我何必還要饒舌和續貂呢？

金魚

我性愛花草，孩子們卻喜歡小動物；但由於我們住的是日式樓房，既無法得享園藝之樂，又不能飼養小貓小狗，也只好望著別人的庭園和圖畫中的各種小動物興嘆。

過去，我曾經以盆栽和瓶花來饜足我自己愛花的慾望；可惜，一則因為灌溉不得法，二則因為植物養在室內吸收不到陽光雨露，兩盆我不懂得名字的盆栽，就這樣白白的枯死了。買花，有一個時期也成為我上菜場的主要目的。那是春天的時候，菜場中每一個花販的籃子裡都插著姹紫嫣紅，芳香醉人的花朵；花一兩塊錢，就可買回一束康乃馨、雛菊，或者是晚香玉，小小的客室，也因此而充滿春天的氣息，於是，我買花上了癮，桌上的花瓶也永不空。隨著天氣漸熱，花販的籃中日漸貧乏，花束插上花瓶，也總是半天就枯萎。這樣一來，我買花的熱情也跟著消失，田園夢發作之時，我就只好望著窗外路旁的綠樹出神。

至於孩子們愛小動物的天性，我又如何去應付呢？常常帶他們去逛動物園，讓他們在獸檻外面看個飽是辦法之一，另外一個辦法是帶他們上養有貓狗的親友家去，讓他們有機會和別人的貓狗盡情玩耍。此外，我買玩具給他們，為他們縫製布的小熊、小馬等，也算聊勝於無。

當然，孩子們並沒有因此而滿足，他們還是不時的向我要求：「媽媽，買一隻小狗給我們養吧！」

「好嘛！等咱們搬了家就買。」而我也總是這樣敷衍著他們。其實，我又何嘗不想養一隻圓滾滾像個皮球似的小狗，或一隻溫柔可愛、善解人意的小貓咪呢？我很知道，家裡有一棵欣欣向榮的植物或是任何一種小動物，都會增加不少生之樂趣的。

前幾天，我帶孩子們上街，看見街上有賣金魚的，這也是孩子們所喜愛的動物之一，他們要求我買，我毫不猶豫的就給他們買了四條。

回到家裡，我找出一個玻璃果盤，聊充金魚缸。缸底隨意地擺些貝殼和小石子，注上清水，放上幾根水草，四尾小魚兒，算是有了牠們的新家。

金魚缸佈置完畢，我去睡午覺，四個孩子立刻就圍著桌子，聚精會神的在研究他們的小客人。我小憩了一會，又起來做了很多別的事，算算時間，一個鐘頭半有多，他們儘管說個不停，但都沒有離開過桌邊半步，在一個多月的暑假當中，除了在做功課或看書的時間以外，他們真以這一刻為最安靜了。我聽見他們已把金魚指定了每人一條，最大那條是老大的，最小，那是老四的。然後他們又議論紛紛地說哪一條最活潑，哪一條最貪吃，哪一條最美麗，哪一條最有趣等。老四還加上一句說這是海底奇觀哩！我心裡暗笑，孩子到底是孩子，四條小魚兒有什麼好看，居然看了一個多鐘頭還不厭倦？

白天裡我一直在忙，也就沒有機會去體驗一下孩子們的觀魚之樂。到了晚上，我坐在桌邊喝茶，眼光無意中落在玻璃缸上，想不到，我也被缸中充奇生趣的情景吸引住了。我想，假如我能像孩子們那樣空閒，我也能看上個把鐘頭而不厭倦的。

一缸澄澈透明的清水，幾根碧綠的水草，數片彩色的貝殼，加上四尾穿梭來往的金紅色小魚，這些條件，已夠構成一幅美麗的圖畫；如果你有未泯的童心，有一份閒情逸致，那麼，魚兒在水中優游自得之樂，真足以使旁觀的你流連忘去。

看著看著，我有點懷疑，魚兒這樣老是游來游去，啶喋不停，難道牠們不會疲倦的嗎？我最喜歡看牠們那忽開忽闔的小嘴，和那翻動著像短裙般的尾巴；牠們有時浮出水面，聚向缸邊，似乎向人討食，但一會兒又潛到水底，躲在水草的陰影底下納涼。魚兒多麼快樂！牠們的生命力多麼活躍！比較起來，我們人類真太可憐了！這時，我不禁聯想起了惠子問莊子：「子非魚，安知魚之樂？」這句話而暗自失笑起來。不過，我這笑意馬上就消失了，因為我又想到，身為萬物之靈的人類而羡慕魚，實在不自我始，這人類的悲哀，在數千年前就已有了。

有了這缸魚，頓使家中充滿了生之樂趣，也發揮了孩子們對動物的愛心。對於這四尾小魚，孩子們愛護唯恐不周，四個人天天搶著換水、餵食，到處找水草，這項有意義的工作，充實了他們的暑假。可愛的小魚既是孩子們的好伴侶，又是一幅活動的圖畫，給家中以美麗的點綴；而幾根翠綠的水草，也可算是我那沒有花草的客室中唯一的植物。對於沒有辦法種花和飼養小動物的家庭，養金魚可說是最好的消遣了。

田園夢

當年，我曾經叫我的四個兒子言志。正在唸初二、對代數幾何頗有興趣的老大說將來要當科學家；十歲的老三說要當空軍和畫家；老四也要當空軍，但他業餘卻要做個音樂家。三個都說了，只有老二沒有開口。我怪而問之，他靦覥地笑著，帶著點忸怩的神情說，他長大了只要當自由民。此語一出，全家都哈哈大笑。我忍住笑又問，什麼是自由民呢？老二說，只要像爸爸那樣天天上辦公，過著自由的日子就很滿足了。

這種安貧樂道、知足常樂的思想，在成人的腦海中一點也不稀奇；但是，一個十一歲多的孩子而有此想，就不算尋常了。老二的確是四個孩子中最聽話最乖巧的一個，他穩重厚道，很有自制力，做功課完全不要我督促；為了明夏的升學，他現在已自動放棄每週一次的看電影機會，星期日我要他去玩他都不肯去哩！這樣一個孩子，照理是頗有抱負、頗有理想才對，誰知他小小年紀就已深種了老莊的無為思想在腦子裡，豈非怪事？我心裡有點為這孩子的不平凡而喜悅，但表面上卻不能不說他這樣太沒出息沒志氣了，為什麼不想當偉人而要做個平凡的小人物呢？

我小時候也是個沒有志氣的孩子。真的，孩子們誰不夢想自己將來會成為一個偉大的人物呢？男孩子想做英雄、將軍、探險家、科學家和大總統，女孩子想做舞蹈家、歌唱家、女詩人，或者一夜成名的紅伶；可是我，就從來沒有這樣想過，我從來不為自己的前途而操心。雖則我從小就是個埋頭書本中的書呆子，視讀書為人生唯一樂趣，然而，我絕對不曾夢想過自己將來要當一個學者或者文學家。

話雖如此，我卻也並不是完全沒有夢想的。我也有我的夢想，從十三四歲開始，一直到現在為止，這個夢想沒有變過；我相信，它一天不實現，它也將會終身追隨著我，這就是我的田園夢。

從我懂事的年齡起，我對山水花木就非常愛好，因此，我對繪畫也特別有興趣，在小學時，每次的郊外寫生，我的成績都列在甲等，這就是因為我對大自然景物戀慕之故。讀了陶淵明「結廬在人境，而無車馬喧」這首詩以後，我的田園夢就此油然而生，我渴望我也能像五柳先生那樣，過著「採菊東籬下，悠然見南山」的隱士生涯。

說來我小時候這種思想真比我老二的想做自由民來得更不平凡（可是我如今卻是個平凡得無可再平凡的人，想是應了「小時了了，大未必佳」之語。）一個十二三歲的孩子居然就夢想歸隱田園，這還得了？事實上我確是如此，從那時起，我就因渴想返璞歸真，回到大自然，而充滿了憤世嫉俗的想頭，這個想頭隨著年齡漸長而加強，然後又被歲月和閱歷將它輾碎和融解了。

到如今，憤世嫉俗之心沒有了，不過，愛慕大自然的田園思想卻還是無時或已。我唯一的希望就是能夠在傍山靠水的地方，建屋一椽，半耕半讀，過著與世無爭的日子。當然，我這個落伍思想一定會受到他人指責，可是，為了貫徹自己的夢想，我也不惜找出種種理由來替自己辯護。歸隱田園不一定就是遁世，我還可以用我的一枝筆來為社會服務呀！

儘管我是個愛花草、喜田園的人，然而，不幸得很，我這半生卻與田園特別無緣。從小到大，我一直住在軟紅十丈的大都市中，而住的又全都是樓房，從來不曾有過屬於我的半吋泥土，想自己種種花都不行。過去在大陸時，住的西式樓房，有陽台和曬台，還可以買幾盆花來過過癮；來臺十年，一直都住在日式樓房上，連擱花盆的地方都沒有，就只好把自己的田園夢縮小到瓶花上面了。在我的臥室窗下，正對著別人家一個院子，院子裡栽滿四時花木，嫣紅姹紫，繁茂非常，沒事之時，我就推窗欣賞一番。居高臨下的看花，比身在花叢中尤覺賞心悅目；於是我不免想到，這不是「前人種樹後人遮蔭」，而是「樓下人種花，樓上人享受」了。

由於嚮往田園，在美術中我偏愛風景畫；在音樂中我喜歡有田園氣息、描寫大自然景物的樂曲；在我渴想田園而無法親近時，這些藝術品往往能夠給我以代替的安慰。

這是個亂世，本不應該再在這裡談論個人的夢想，但是，唯其因為是亂世，所以每一個人也就更加渴求自己的夢想能夠實現。我永遠不會放棄我的夢想，即使它永遠成空；起碼，在它未曾實現以前，大自然的美景也會滿足我的心靈。張開雙臂去擁抱大自然吧！大自然就在你我的周遭；玫瑰色的朝暾，黃金般的夕照，晶瑩的露滴，還有五彩的霓虹；牆頭有欣欣向榮的小草，路邊有含笑迎人的野花；春來園林似錦，秋天的落葉又何嘗不斑斕美麗？這世界原是如此可愛，就等著懂得喜愛大自然的人去發現。還擔憂什麼呢？也許我的田園夢永遠不會實現，但我還有大自然可以去接近呵！

神遊物外

我是一個不安於現實的人，但卻已不屬於那種整天幻想和做白日夢的年紀了，因此，當我的精神上感到空虛寂寞之時，我開始一種靈而上的生活——神遊物外。

從小我就喜歡旅行，環遊世界是我的「壯」志之一，可惜活到現在還沒有實現的機會，在沒有辦法中，我只有從遊記裡、風景畫裡、詩詞裡去領略。而以表現各地風光為主的電影，當然更是我「坐」遊的好機會。

靠著一些書本和畫片，我對我國和外國的著名景色，像西山紅葉、泰山日出、波光蕩漾的威尼斯、四季如春的夏威夷，我雖然沒有去過，但卻依稀可記；那是因為我的肉眼都已看過，而我的靈魂又曾去遊過的緣故。

平生喜愛田園生活，惜半生居於都市之中，如今棲身的更是一角小樓，連擱花盆的地方都沒有。無已只好在瓶裡的幾朵菊花和隔壁牆頭的一叢小草上欣賞野趣；現實上雖然沒有一片園地供我蒔花藝草，但是，在我的心田中卻已遍植了千紅萬紫，我的心園並不荒蕪。

幻想過於空虛。惟有神遊，卻是海闊天空，永無攔阻。我以「神遊」來滿足不足，而且自得其樂。

鐘聲與鈴聲

我家有一隻舊鐘，我已記不清它有了多少年的歷史，反正是在抗戰前就已有了，是父親買回來的。它的式樣古老而莊嚴。外殼是堅實的檜木造成，漆著深咖啡色；它四平八穩地坐在壁架的當中，一日二十四小時，絲毫不爽地為我們報時。

這個鐘令我們喜愛的地方，除了它的準確性外，就是報時的叮噹聲。它每半小時敲一下，每個鐘頭又按數字噹噹的響了起來；鐘聲異常清越，隔室可聞，當我們在房間裡自修時，不必低頭看錶，隨時就可知幾點鐘。

唯其因為我們喜愛這個鐘，所以它雖然相當笨重，但我們從大陸逃出來時也帶著它。可能是由於路途顛簸的關係，到了臺灣它就停擺了，請人修理了好幾次都修不好。最近，奇蹟似地這個鐘竟在一次小修中恢復行走，而且還走得相當準確。當我重新聽到那久違了的報時的叮噹聲時，簡直高興得像跟一個久別的老友相逢一樣。

現在，我家又是終日可聞鐘聲叮噹響了。有時夜深不寐，傾聽著每半小時一次的清越的鐘聲，竟覺得它美妙動聽有如音樂匣，又如古剎清磬一樣的發人深省。

說到鐘聲，給我印象最深，至今難忘的還是一件二十幾年前的往事。那時七七事變發生不久，家鄉也陷在緊張的局勢中。父親領著母親、我們七個孩子，還有兩個親屬，一行十一人，千辛萬苦，擠上了一艘開往香港的輪船，大家的心頭都又悽惶又痛苦，希望快點離開這在烽火邊緣的危城。但是，不知為了什麼，這艘船卻停在岸邊一夜，說要第二天才能走。當時，大人們焦急與憂慮可想而知，因為連我這個無知的孩子也擔心得一夜睡不著了。就在這個恐怖而黑暗（全城燈火管制）的夜裡，我簡直是徹夜無眠地聽著岸上海關大樓那個大鐘每一次的報時樂聲。這個大鐘是每一刻鐘就報時一次的，每一刻、每半小時、每一小時的樂聲都不同；一刻的最短，半小時的較長，每一小時則是一節完全的音樂。這種報時音樂才真的像音樂匣奏出的樂曲，悠揚而悅耳，住在海關附近的居民真是耳福不淺。可惜我們那夜卻毫無欣賞的興趣，只覺一個鐘頭比一個鐘頭緊張，巴不得立刻天亮，好讓輪船啟航。結果那一夜雖然平安度過，但那悠揚的鐘聲，那船旁黑黝黝的江水，卻給我留下不可磨滅的印象。

我對鐘聲有偏愛，無論是神聖的教堂鐘聲、深沉的寺院鐘聲，乃至時鐘單調的噹噹幾下，都非常愛聽。由鐘聲而推愛及於鈴聲，鈴聲也是我所愛的聲音之一。簷前的鐵馬、牛羊貓狗等動物脖子上的響鈴，我都覺十分悅耳而富有詩意，甚至街上賣淇淋的鈴聲，也不討厭。有時心情懊惱之際，忽然窗外傳來一陣清脆的鈴聲，起身探頭一望，只見幾頭忍辱負重的老黃牛，正拖著破車緩緩走過，清脆的鈴聲就是從牠們的項下發出，而這陣美妙的天然音樂，就往往能使我懊惱的心情化為怡悅。

舉世滔滔，眾生愚昧，安得處處有暮鼓晨鐘，給我們當頭棒喝？塵寰囂囂，噪音擾攘，又安得時時有優美有如仙樂的鈴聲，來淨化我們的心靈？

露台、天橋、落地窗

在居室的各種建築中，我對露台、天橋和落地窗這三者，有著極大的偏愛。

差不多所有西式的房子都建有露台，以供人作乘涼閒坐之用。最理想的露台是前臨大海，或者下臨一灣流水也不錯；否則，對著一角小園，欄干下有花木扶疏，也足以令人怡情悅性。下焉者，面對窄街陋巷也無傷大雅，因為有了露台，即可以盡情去享受陽光、月色、清風與朝露，固不必斤斤計較面前的景色也。我最喜歡坐在露台上，因為無論看書、閒談、沉思或遠眺，這都是最適當的地方。

天橋並不是每一家房屋都有，但有了它卻可以增加居室的不少情趣。在兩幢樓房之間，有一道窄窄的天橋連接著，既可以省卻上下樓梯之勞，又可以使人享受到一種有趣而歡樂的感覺。從主婦的觀點看來，天橋是曝曬衣物的好所在；從小孩子的觀點看來，天橋是遊戲的好場所。在沒有露台的房屋裡，天橋還可以兼了露台的功用，在這裡乘涼、賞月和曬太陽，都是挺寫意的。

說到落地窗，這似乎僅是大洋房裡才有，其實也不一定，不過只是因為一般人在蓋小房子時都不會想到開大窗子吧！落地窗的好處是給室中以充分的陽光和空氣，還可以使人充分的看到室外的景色，要是窗外正是一片美麗的園林，那麼花朝月夕之時，這扇大窗所呈現的美景，實在比任何名畫都好看！一般人提到落地大窗，很容易就與絲質的窗幔、地毯、沙發、鋼琴等奢侈家具聯想在一起，以為這是高樓大廈的專利品，殊不知，任何陋室，只要有著一扇落地大窗，它就會變得舒適可愛了。

來臺八年，住的都是日式房屋，久已享不到露台與天橋之樂，唯有室中兩扇大窗，窗台距地不過一尺，倒也有幾分落地大窗的風味。曉起旭日迎人，入夜涼風送爽，而無事之時，看看窗外聳立雲天的棕櫚樹、縱橫交錯的電線，也聊足以慰我情懷哩！

冬陽下

我幾乎從來不曾有過像那天下午那麼怡悅的心情；那不是興奮，不是狂喜，不是陶醉，也不是興高采烈，心頭中盪漾著的只是一種平和的、暢快的、無憂無慮的意緒。

初冬的陽光很溫暖，雖然風大一些，但也並不討厭，正好調劑調劑一下溫度，否則就會嫌太熱了。我也不記得我的心情是從什麼時候開始怡悅起來的：也許是這天氣使我身心愉快；也許是藍天下那些如在眼前的遠山使我以為自己回到了童年的環境中；也許是，噢！也許是因為我擺脫了一個乏味的應酬，偷來了浮生半日的悠閒。

我步上了一座橋，橋底下的河水卻已乾枯了，露出了一些褐色的石塊和泥漿，幾隻鴨子在蹣跚著來回覓食，想不到在鬧市中也會有這村野的情趣。抬頭，我又看見了山，這山的形狀和顏色對我多稔熟呀！對了，它多像香港的山！在香港，無論走到哪條街上都是抬頭便可以看到山，而那些山都是如此蒼翠的。那個曾經埋葬了我一段童年的地方，雖然我對它並無好感，但不知怎的，當我見了這座似曾相識的山時，也不禁起了淡淡的鄉愁。

橋的那頭，馬路很寬敞，車子不多，是個鬧中取靜的地方，在這裡悠閒地漫步真寫意。那邊有座小教堂，它的尖頂在陽光下發出璀璨的光芒，有了它的存在，使這裡的風景線又增了一種和平、安詳之美——和我的心境一般。我常覺得：在各種宗教之中，以天主教和基督教的教堂和音樂最美；雖然我是個無神論者，但我對那些尖頂上豎著十字架的教堂，以及那些莊嚴聖潔、悠揚悅耳的讚美詩總是異常嚮往。

迎面來了兩個少女。一個淺紫頭巾、雪白毛衣、淺紫裙子，一個是一套淡至欲無的粉紅衣裙。這兩套衣裙的色澤，似乎比較適於春天；不過，在臺灣這種常有春天出現的冬天裡穿著，也是無可厚非的。這兩位少女的面目我沒注意到，但從她們那修長的身材以及那優雅高貴的服飾看來，縱然不是絕色，大約也可稱得上佳人的了。如今的女孩子真是愈來愈懂得打扮，走到大街上，往往覺得這個漂亮，那個也漂亮，有眼花撩亂之感。朋友們常笑我幸虧不是男人，否則豈非登徒子一個？我說：非也，欣賞她們的美是一回事，愛又是一回事；我看女人完全是以一種藝術家審美的眼光來看，假定我是個男人，倒不一定要娶美女做妻子。

朋友的家離此不遠，索性走去串門兒。滿室陽光中，朋友正靜靜地靠在沙發上一針一針地為她那遠在南半球上洋學堂的十二歲女兒織毛褲，一隻貓蹲在她旁邊。她說：那邊已在下雪，天氣好冷，不知小女兒受得住否？看著她盈盈欲涕的雙眸，看著她密密地一針針地把母親的愛都織進那條毛褲裡，我立即想起了：「慈母手中線，遊子身上衣」這兩句名詩而傳染了她的傷感。不過，我又想是誰叫她把女兒送到那麼遠去的呢？是「外國的月亮比較圓」的歪風？她的痛苦與寂寞，是不是有點咎由自取呢？

撇下那位正在思念遊子的慈母，我又走到大街上，日頭偏西，晚風漸勁，冬天裡的春天已消逝了。滿街上都是放學的孩子和下班的公務員，公共汽車擠得滿坑滿谷，像個懷孕足月的婦人，不勝負荷，步履艱難。好些剛進小學的幼童，揹著大書包，也擠在公共汽車的門旁，叫人看了捏一把冷汗。

到了這個時候，我怡悅的心情也像冬天裡的春天一樣消逝得無影無蹤了。崇洋的歪風、人口膨脹、越區上學、升學困難、嚴重的教育問題、交通安全、車掌的服務態度、待遇太低、公務員加薪……一連串的問題，像千鈞壓頂，使我喘不過氣。

一減一等於零，怡悅減煩憂等於……？

如歌的叫賣聲

街上小販的叫賣聲，恐怕是以北平的最為悅耳；因為我讀過了無數描寫北平小販叫賣聲的文章，而從來不曾看過有描寫其他地方的叫賣聲的。

幾年前我寫過一篇「臺北的叫賣聲」，但我並沒有頌揚臺北的叫賣聲如何悅耳，如何好聽；我只是把這裡幾種有代表性的叫賣聲忠實地紀錄下來，留作紀念。

最近，我卻發現了一個最動人的叫賣聲，簡直美妙得像音樂一樣，它深深地吸引了我，我甚至想，北平的叫賣聲再好聽也一定比不上它。

是在那些人靜的午後，一聲聲悠長而清脆的女高音從街上飄來：「壞面桶——提來換——」這個叫賣聲，不但抑揚頓挫，而且有板有眼。「壞」字稍長，「換」字更長，「桶」字最長，到了尾巴上還有個小小的變音，就像樂譜中音符上面那幾個附加的小音符。

一聲又一聲的，它的拍子從來不會錯，它主人的音色又是那麼圓潤、甜美、嘹亮，真比唱歌還好聽。我幻想這個小販一定是個臉如蘋果的健美少婦，可惜經常都是只聞其聲不見其人，一直沒有看到她的芳容。後來，我一聽見叫賣聲在遠處響起來，就趕緊到窗口去等待，才終於看到了這位「街頭歌手」。我的幻想和實際並沒有相差得多遠。她是個三十來歲的婦人，雖不美麗，卻也長得端端正正的，挑著一擔鋁製器皿，笑容可掬的叫賣著。

她有一副金嗓子，假如年輕時有機會受教育，她的父母應該送她去學聲樂才對。又假如她的父母能發現她有好嗓子，送她去學唱歌仔戲，今天說不定會大紅大紫起來。

我看過一部電影，說義大利那不勒斯的居民，個個會唱歌劇，街頭小販開口叫賣，都像唱歌一樣。我覺得：這個幹「舊臉盆換新臉盆」生意的女小販，她的叫賣歌聲，一點也不輸給音樂王國中的小販們。我很想和她交談幾句，多聽聽她音樂似的嗓音；可惜，環顧室中，卻沒有半個「壞面桶」！

天空愈來愈狹小了

由於近幾個月來的窮忙，終日在窗前伏案，連頭都極少抬一下。昨天，偶然望窗外一望，呀！窗外的風景線從什麼時候起變了？我所熟悉的天空為何變得這樣狹小？

遠遠的東南角升起了一座灰色的高樓，正東方，一幢五層大廈正在大興土木，已接近完成的階段；而東北角，也早已巨廈連雲，矗立已久，是我自己糊塗，沒有去注意到罷了！本來，在我的小樓中，一面東窗，可以晨沐朝陽，夕迎素月；一面北窗，也勉強可以送送夕陽；窗外又可以欣賞到人家院子中的花草和馬路邊的行道樹；即使足不出戶，也可與大自然為伍。然而，這一幢一幢呆呆板板、面無表情的高樓大廈，好像一群灰色的巨魔，環伺著我，它們的影子，遮斷了我窗外的天空，剝奪了欣賞皓月東昇、烏金西墜的機會，使窗外原來就有限的視野變得更小，啊！可憐的一線天！我簡直變成了井底的青蛙。

我不能想像住在紐約這種大都市中的居民是如何痛苦！無數的摩天大樓遮沒了整個天空，他們看不到陽光，看不到雲彩，窗外是堵堵灰色的高牆；這完全失去自然美，絲毫沒有詩意的所在，我想我一定住不下去。

高樓大廈愈來愈多，是都市進步的象徵；但是天空愈來愈狹小，卻是愛好大自然的人們的悲哀。

秋日兩題

秋晴

在鎮日伏案揮毫的忙碌的日子中，無意中抬頭一望，呵！窗外的一角秋空是如此的醉人。澄碧得像湖水一樣的晴空上，飄浮著幾片薄薄的棉絮般的白雲，白雲的意態是這麼悠閒、這麼飄逸、使我塵俗的身心也為之淨化了。碧空下的遠山從來不曾如此清晰過，穿著一件鮮麗的紫羅蘭色衣衫的山峰，彷彿就立在我的窗前，伸手可及。

藍天、白雲、紫色的山峰、金色的秋陽……，還有輕搖著的樹影、朗爽的西風，都在那一面敞開的窗子中給予我無上心靈的享受，多美好的秋晴日呵！

下弦月

對於姍姍露面、不大為人注意、也不曾得過詩人歌頌的下弦月，我有著一份偏愛的心情。它殘缺不復成形，光彩黯淡，泛著微黃的象牙色，在人們快要入睡的時候，才柔弱地出現在屋背上。這有著缺憾美的下弦月，似乎顫抖在秋夜的冷風裡，彷彿是個遲暮的美人，使人不禁起了淒清的感覺。在有著下弦月的秋夜裡，聽著屋角秋蟲的低吟，天涯遊子，又怎能不鄉愁洶湧?!

夜空中的藍十字

夜裡偶然憑窗閒眺，視線越過馬路旁的樹叢，發現在不遠地方的一家教堂的屋頂上，有一個透明的藍色十字架，正在夜空中閃爍著，看來真是既美麗而又聖潔。

我家雖處鬧市，但這面窗子外的景色卻是幽靜的。馬路兩旁有樹，每家的院子也有樹。因為全是住家，沒有店鋪，所以晚上也就看不到刺眼的霓虹燈。這個藍色的十字架雖是霓虹管做成，可是，由於它所負神聖的使命，看來竟絲毫沒有市儈氣，與那些紅紅綠綠的霓虹管招牌簡直是不可同日而語。

我見過了形形式式不同的十字架。有金碧輝煌、莊嚴神聖地豎在祭壇上供人膜拜的；有金銀珠寶製成、小巧玲瓏地給人掛在胸前的；也有兩根木頭、甚至兩根竹子紮成的；原料貴賤雖不同，但用以紀念救主救世精神的用意則一。我從來不曾見過用藍色霓虹燈做成的十字架，我真佩服那位設計人的匠心獨運：在深黑的夜幕裡，那個十字形的晶瑩的藍色霓虹管，看來正像藍寶石一般的高貴。我相信，在寧靜的夜色中，將會有無數寂寞的靈魂，受了這美麗的藍十字的感召，而向上帝皈依的。我雖是個頑固的不信教的人，然而，每當我默默地注視著這個夜空中的藍十字時，總彷彿與天國漸漸接近。

多色的太陽

每天清晨，當我第一次睜開眼睛時，我所看見的就是玫瑰色的太陽光。它溫柔地在屋瓦上、窗簾上和樓欄上印下輕輕的吻痕，經它吻過的東西，全都煥發著玫瑰色的光輝。

上午，太陽是個金盤，它的光芒，把大地裝點得金光閃閃，光明璀璨，使人想起了梵谷畫中的檸檬黃。

中午，它變成了白熱的火球，像暴君般統治著世界，令人不可逼視。

下午，火球變回金盤，金盤又變成了青銅色。這時，它已漸漸的老邁了，像個弓著背的老人，緩緩走向人生的盡頭，帶著有點蒼涼意味的古銅色。

然而，到了迴光反照的時候，它又回復清晨的豔麗了，像個龐大無比的橙紅色皮球，懸在五彩繽紛的西天上。可惜，這黯淡的餘光，塗抹在人臉上的已不再是少女的玫瑰色，而是半老婦人唇上的赭紅。

陽光下的樹葉

我的窗前除了對街一棵不知名的樹以外，其他簡直就沒有任何有詩意的東西。幸而，我是個很易滿足的人，對變化無窮、瑰麗萬千的大自然奇景，我一向都是抱著「弱水三千，我只取一瓢飲」的宗旨。路旁一朵小花，牆頭一株小草，便足我欣賞半天。對街這棵樹，更成了我寫罷讀倦時遊目騁懷的所在。

那一天，無異於任何一天。酷熱、晴朗，我桌上的玻璃板微微有點燙人，而我擱在玻璃板上的兩隻手肘也不斷地滲出汗來。窗外，行人在烈日下來往奔波著，揮汗如雨，正像他們艱辛地在生命的路上進行著一樣。

熱，使得我的工作效率大減；當我抬起頭來要向窗外的老友打個招呼時，竟發現它在這一剎那間美得不可逼視。豔陽在它的每一片細小的葉子上都鍍了金，不，我不願意用金字來形容這些葉子，金葉，多俗氣呀！不如說是閃亮的葉子吧！微風過處，這些閃著光的、玲瓏的、半透明的葉子就都在輕輕地擺動著，像是跳芭蕾舞女郎的柔軟的手、金色的手。

有誰會注意到，一棵平凡的樹在陽光的照耀下竟變得這樣美？陽光雖然帶來炎熱，但是，還是不要詛咒它吧！它也給這個世界帶來了光和美。

花車

假如你懂得甚麼是美，這世界上（不，世界太大了，我們沒有辦法完全看得到，不如把範圍縮小到你的窗前吧！）隨時隨地都有觀賞不盡的圖畫。

以我的窗框作為鏡框，昨天，呈現在鏡框裡的是一幅絕妙的靜物畫。一輛小小的舊板車停在路旁，板車上放著十幾盆花卉。它們並不是什麼名貴的花朵，而只是微不足道的萬壽菊之類，栽著它們的也只是小小的瓦缽；花、盆和車，三者之間的「身分」是非常配合的。推車的人——花販不知躲到哪裡去了？也許是在攤子上喝冰水吧？他可能目不識丁，不知道藝術是何物；可是，他把他這部花車「創作」得多美啊！花朵一共只有四個顏色：深紅、淺紅、鵝黃、雪白。深紅調和著雪白，鵝黃陪襯著淺紅，四種鮮豔的色彩在萬綠叢中或疏或密的點綴著；卑微的花朵伴著古拙的瓦盆以及舊得發白了的板車。我懷疑這是不是園藝家手下的傑作，或者是畫家筆下的寫生；然而，它實在只是一個花販偶然的神來之筆啊！

一部卑微的花車，在我的心版上鐫刻出一幅永遠的圖畫。

一品紅

我的窗下是人家的院子，院子裡種了一株一品紅，兩三年之間，我親眼看著它茁壯生長，如今已經和二樓的窗口一般高。一品紅真是守信，每年一到十二月，那火燄一樣的花朵，必定含笑地開放在枝頭。今年，那伸展到了樓頭的一品紅的枝椏，已亭亭地綻開了無數的花朵，每當我讀倦寫罷，抬頭一望，它們就會在窗外向我嫣然含笑。這時，我覺得我真比住在樓下它們的主人幸福得多，他們看到的只是接受不到陽光雨露的蒼白的花和葉的底部，而我卻可以欣賞到嫣紅的花兒和整株翠綠的葉子。

連朝風雨，一品紅沐浴在寒風細雨中，卻似乎愈長愈精神；如果說菊花有勁節，梅花最耐寒，那麼，一品紅也該算是勇敢的花卉了。

一品紅只是一種卑微的花木，但是它卻把我們的冬天裝飾得多美啊！凡是有生命的東西，對這個世界都有它自己的功用的；像那些任人踐踏的小草，假使沒有了它們，大地將會是個什麼模樣呢？

假日

家人們都到街上去消磨他們的假日，鄰居們也大都門戶深鎖，外出尋歡作樂去了，只有我獨自守在家裡。這是星期天的午後，偌大一間喧嘩熱鬧的大雜院，頓時清靜起來。

由於身體感到些微的不舒適，我才偷來了這半日的悠閒。找出一本心愛的詩集，把忙累了一個上午的身體往床上一倒，順手還扭開了床頭的收音機，我要讓身心作一次盡情的舒散。

收音機正播放著「天鵝湖」，啊！這輕快而優美的旋律立刻在空氣中撒滿了金色的音符。我的眼前幻出一隊穿著白紗舞裙的舞女，他們正在那如鏡般澄明的湖面上，高舉雙臂，美妙而又輕盈地跳著舞著；當我心靈之眼正陶醉在這夢幻中的美景時，肉體之眼卻因過度疲乏而闔起來，我睡著了。

初秋的涼風把我吹醒，我發現剛才那隊白衣的舞女此刻已變成了天上的浮雲，而那泓如鏡面般的湖水卻正是淡淡灰色的天空。這種灰色的天空，我不討厭，我喜愛它一股幽淡的情調，彷彿代表了中年人的心境。

手中的詩集掉了下來，拾起來一看，我正翻到了雪萊的「哀歌」。這位短命的詩人名句「……我踏著我的殘年往上爬，看到從前立足的地方我渾身發抖，青春的光榮何時回來？不再來——噢！永不再來！」，也就是我每天再三吟誦的詩句。我最欣賞這種哀愁欲絕的句子，正如我特別愛好李後主「故國不堪回首月明中」這一類充滿著國愁家恨的詞句一樣。

風漸勁，天空也漸漸由淡灰色而變為鉛色，「黃葉無風自落，秋雲不雨長陰」，的確，這已是秋天了。黃昏將至，出去遊玩的人們尚未歸來，秋日的黃昏有著特別憂鬱的況味，靜得連一隻蒼蠅飛過也聽得見，這時，我開始感到一絲寂寞，但是，我並沒有後悔自己的獨自留在家裡；因為，長期的寂寞雖使人難堪，而偶然寂寞卻是一種享受哩！

於是，我又翻到英國當代田園詩人戴維斯的詩：「這成個什麼生活？假使我們充滿著愁思，沒有時間停下來眺視。」是的，假使我們終日形役為勞，孜孜不息地忙碌著，沒有半點時間來從事沉思、閱讀或散步，使身心作有效的鬆弛，這樣的生活還有什麼意義呢？我不禁深深的慶幸自己有了這個難得的、寧靜的、寂寞的星期天的下午。

樹

在一本舊歌譜中找到一首我以前很愛唱的藝術歌「樹」。我不但愛它優美的旋律，也更愛它富有哲學意味的歌辭。事隔多年，我對它仍然一樣喜愛。它的大意是：「我從來不曾看見過一首跟樹一樣可愛的詩。樹的嘴巴饑渴地吮吸著大地的乳房，樹伸開她的手臂終日向上蒼祈禱。夏天，樹戴著知更鳥的窩在頭髮上，冬天它與雨雪同在。詩是像我這樣的傻瓜做出來的，唯有神聖的上帝才能造出一棵樹。」

啊！「詩是像我這樣的傻瓜做出來的，唯有神聖的上帝才能造出一棵樹。」詩人們聽見了一定生氣，而我這個搖筆桿的人也覺得有點臉紅哩！一首小詩只能夠給人吟哦詠誦，但是，一棵樹卻有說不盡的偉大用途。

關於樹的用途，一個小學生一定說得比我還詳盡；現在又不是要考我的自然常識，我還是不要寫出來吧！總之，我是愛樹的，我愛樹甚於愛花。有一次去士林參觀蘭花展覽，我就對那些像一棵小型古木般的小盆栽比蘭花更欣賞。

花雖然美麗而多彩，可是，它是浮華的代表，容易枯謝；樹卻是樸實無華、堅強而茁壯，是剛毅、沉著的象徵。我愛樹，因為我不喜歡浮華。

窗外的堡壘

距離我的窗外幾丈遠的地方，新建了一幢四層樓的洋房；不過，它顯然是還要往上建的，因為在它的屋頂上豎立了好幾個屋椿。

這棟洋房是灰色的，面對我窗口的是它的「側面」，除了一大片灰色的牆以外只有幾個小小的窗子。每當我躺在床上望向窗外時，從我的視線的角度望過去，窗子的上半部是一片湖水色的天空，天空下面就是一堵灰色的牆，此外，就什麼也看不見。灰色的牆像一座中古時代的堡壘，而我彷彿是堡壘裡面的囚徒。

想想看，一大片灰色的牆，只有幾面小小的窗子，屋頂上又有城垛（屋椿也），那不是個堡壘是什麼？

幸虧我這個「囚徒」還看得到藍天、太陽和月亮，這個堡壘總算沒有完全奪去我的自由。

雨天三景

雨點打在地面，濺起了一朵朵水花。雨越密，水花越多，一朵接一朵的，滿地都是透明的小白花；又像無數穿著白裙的少女在跳芭蕾。好一幅動態的美！

雨點落在水面，激起了一圈圈漣漪。雨越密，漣漪也越多；小圈圈在擴大著擴大著，大到不見了，另外一個圈圈又生出來。哪怕那只是一窪像臉盆大小的髒水，在雨點的裝飾下，也會變成一幅變化無窮的圖案畫——大圈圈接著小圈圈，小圈圈接著大圈圈；大圈圈裡有小圈圈，小圈圈外面是大圈圈；永遠在動，無窮動，好一幅動態的美！

* *

雨水落在樹木、花草上，像是給它們一次痛痛快快淋浴。葉子、花瓣、小草，洗去了一身塵垢，變得晶瑩又潔淨；葉子像綠玉，花像寶石，小草像翡翠。它們更捧住了水晶球似的雨珠不放，嬌聲地說：「好雨珠不要走！我們要你做一串水晶項鏈。」雨，是樹木花草的美容師。

＊ ＊

儘管雨天是灰色的；但是，雨傘卻把人間點綴得多姿多彩。看！在濛濛的雨景中，無數彩色的蕈出現了：紅色的、黃色的、藍色的、綠色的、紫色的、花的，交錯成悅目的圖畫。彩色的蕈把不美的人遮住，使人幻想傘下個個都是可人兒。

五彩的蕈，濕潤發亮的蕈，迅速地生長在雨天裡；於是，人們就忘記了雨天是灰色的。

亂世人，太平命

閩南人有句俗諺，說：「乞食人，有錢人性命；有錢人，乞食人性命。」意思是說一個人的身分與他的命不一定相同，做乞丐的，也能過著快樂的生活；一個大富翁，要是吝嗇不堪，也就是乞丐不如。如今我套用這句俗諺，是因為我自己是個徹頭徹尾的亂世人，但卻一心嚮往著太平盛世的生活。

我真可以說是個少無大志的人，打從懂事之年起，就沉醉於吟風弄月、飲酒賦詩、蒔花養魚、琴棋書畫的風雅生涯。我從來不想做大官，做大事，揚名顯姓，光宗耀祖；相反地，在十幾歲的年紀，就充滿著田園之思，幻想將來有一天，要歸臥南山之陲，作一名隱士。

這童年的幻想，這田園之思，絲毫沒有因為年齡的增長而消褪。儘管我的大半生都在亂世中渡過，經歷了八年抗戰、十二年的戡亂；我仍然沒有像一般亂世人那樣的喜歡用刺激性的玩意兒來麻醉自己，我仍然保持著當年那顆童真之心，也可以說仍然保持著讀書人的本色。

當然哪！歲月流轉，環境變易，我的興趣也不免稍有不同。詩詞之道，此調不彈久矣！那是因為塵俗之務太多，我再也沒有那玲瓏的心思去雕琢辭句；不過，我並沒有丟開我的筆，舞文弄墨，至今還是個人精神上唯一的寄託。蒔花養魚，受制於居室環境，變成了不可能的事；琴棋書畫，由於沒有同好，也放棄已久，但欣賞西洋古典音樂，卻是每天撫慰我的心靈的良伴。吟風弄月的情趣，我至今未變，對大自然的愛慕，更是與日俱增。

天上一抹彩霞，夜空上的點點疏星，牆頭一朵紅花，路邊一株小草，都可以使我觀賞半天。我覺得大自然的一切都是至善至美、無可比擬的；如果沒有雲霞星月和花草樹木，這個世界真不知成何樣子了。

在這美麗的宇宙中，我多渴望能過著太平日子呀！早起在園裡散步澆花；然後回到書房中，用山泉泡一壺好茶，開始一日的工作。半天讀書，半天寫作；倦了，打開電唱機，聽一段莫札特的樂曲。晚上，不妨出去看一場電影，或者到朋友家串串門兒。啊！這樣的生活，我認為南面王也比不上。

可惜，我不幸而生為亂世人，我必須為稻粱謀，又哪有福氣來過這種悠閒寫意的生活？每天，若能忙裡偷閒，讀幾頁書，聽幾段好音樂；伏案之餘，能抬頭望望窗外的紅花綠樹，就是莫大的福份了。

明明是亂世人，不去學抽煙、喝酒、打麻將，偏要附庸風雅，想效太平人高蹈園林，寧非自作自受，自尋煩惱？

牛鈴、鐵馬

有一天中午，當我正在床上休息，望著窗外的藍天白雲，悠然神往時，忽然聽見街上傳過來一陣清脆悅耳的鈴聲。我以為是有馬匹走過，叫孩子到窗口去看看，卻原來是一隻拖著板車的牛，鈴聲就是從牛的脖子上發出的。

從此以後，我對牛鈴發生了好感，也開始發現牛鈴是在繁囂的都市中唯一較有詩意的聲音。每當我聽見街上傳來叮叮噹噹、又輕又慢、而極富有節拍的鈴聲時，就知道這是一頭任重致遠的老黃牛，邁著沉重的步子，在為牠的主人拖著破車。牛固然可憐，但人生又何嘗不是如此呢？想到這點，我不禁惘然，鈴聲似已變成哀歌了。

有時，從牛鈴的聲音中，我又幻想出一幅塞外放牧圖：大漠連天，風吹草低，肥碩的牛羊成群，項鈴在風中顫動，和著牧人的短笛，譜成美妙的音樂，這該是多麼壯麗的景色！於是，我的靈魂會越過高山海洋，隨著鈴聲，飛到塞外。

從牛鈴的聲音，我還想到另外一種富有詩意的東西——簷前的鐵馬。鐵馬，我們南方的建築物好像都沒有，所以，我也不曾目睹過；然而，我對這從文章裡、詩詞裡、圖書裡認識到的鐵馬，卻有著極深刻的印象。我常常瞑想著：清夜無眠的時候，微風過處，仰視簷前鐵馬搖曳，奏出細碎清脆的音響，「鐵馬秋風大散關」，這該是何等的韻味呀！我計劃著要買幾個小銅鈴掛在我們的窗子下，一以增加生活的情趣，亦聊以慰我對鐵馬的思慕也。

紫色的黃昏

今夜，我在橋上散步，我有了一個紫色的黃昏。

紫色的河水靜止著，一隻小舟在上面滑過，黑色的雙槳劃破了寧靜的水面，展開兩道長長的銀帶子，曳在小舟後面。

對岸，紫色的山巒背後，落日把半邊天燒得通紅。月牙兒已經升起了，孤零零地掛在天上，輕盈地、纖弱地，像半截白金戒指。

橋的左邊，在密集的紅色的黃色的燈光中間，忽然現出了一連串展翅欲飛的白蝴蝶，從大到小的排列著。呀！這是堤岸上的路燈，它在這個紫色的黃昏中形成一幅瑰麗的奇景。

轉頭吧！山後的紅霞已消失得無影無蹤，落日也已安息了。我循著原路歸去，才不過幾十分鐘，景色已經迴異。橋上，不知什麼時候掛上了兩串鑽石項鍊，在紫色的暮靄中一閃一閃的，似在歡迎我回來。

遠處，燈火通明，閃爍燦爛，像火樹，也像銀花。儘管這裡有清風，有流水，有蛙鳴；然而，橋下就是一座不夜之城啊！天幕是紫色的，河水也是紫色的，五光十色的霓虹燈是夜之女神紫衣上的寶石裝飾，有瑪瑙、琥珀、鑽石、珍珠、翡翠和藍寶石，好華貴！

河上的燈影比岸上的更美。在紫色的水面上，紅色、藍色、黃色的燈影倒映得長長的，夢幻般的在微微地扭著腰跳舞。

一次橋上半小時的散步，我有了一個絕美的紫色的黃昏。

玻璃墊上的倒影

我的書桌上的玻璃墊像一面鏡子，也像一個靜靜的湖，常常把窗外那片天空上的景色反映出來。而我，每當伏案寫讀的時候，就可以從玻璃上看到天空的動態，像電影一樣。

我多麼希望我玻璃墊上的「過客」是一隻飛鳥、一片落葉或者一朵白雲。可是，我從來沒有遇見過它們。我的窗前連半株樹都沒有，哪裡來的鳥兒和落葉呢？白雲倒不算沒有，不過卻都是成團成團的，從來沒有見過飄忽的一朵。

近來，我的玻璃墊上有了新的「過客」，它是毫無詩意的現代產物——飛機。每天下午，當我坐到桌前時，便會聽到隆隆的機聲，然後，一隻玩具似的飛機影子就清晰地在我的玻璃墊上掠過，天天如此，絲毫不爽。

這是班機，當然每天依時經過，有什麼好奇怪的呢？我奇怪的只是：為什麼會這麼巧？它飛行的路線剛好使它投影在我的玻璃墊上。如果從佛家的觀點看來，這也是「緣」呀！

既然沒有飛鳥，沒有落葉，也沒有一朵飄忽的白雲，那麼，飛機也是好的。因為它與我有緣，現在，我對這玻璃墊上的過客已經發生好感了。

小小的蜂窩

我家沒有院子，但門前總有些樹木，對街有一片草地；隔壁人家院落中也有幾株花木，所以窗外也時常飛來一些蜜蜂、蝴蝶、蜻蜓、金龜子和小瓢蟲之類，為我這間鬧市中的陋室平添一絲野趣。

前些日子，我發現正對我書桌那扇窗子的窗櫺上有一小點灰白色的東西，像是石灰似的黏在那裡，因為隔著一道紗窗，拂拭不方便，也就任它。後來，我又覺得那白點似乎愈來愈大了，這到底是什麼東西嘛？一小塊的石灰怎會「長」大？難道是我自己眼花？

幾天前的一個上午，我坐在桌前寫信，偶然抬頭，竟被我發現了奇景。一隻相當巨型、差不多有一英寸長的野蜂正在我窗前盤旋徘徊著；若是沒有紗窗，我一定嚇得躲開，瞧牠尾巴上那根粗粗的針，被扎一下可不是好玩的。我安全地隔著紗窗研究牠為什麼眷戀不去，我的桌子上連一瓶花也沒有，是什麼東西吸引了牠呢？這隻大野蜂一上一下來回的飛著，終於停留在那點灰白色的東西上，才一停下，便又立刻飛走。此刻，我恍然大悟了，牠原來要和我做鄰居，竟在我家的窗檽上造起窩來了。

就在我寫信的半小時裡，牠飛來飛去不知多少次，每次只啣那麼一點點比米粒還小的泥土，可是，牠的窩卻慢慢形成，而且還有一個很小很小的圓形出入口。牠的毅力多驚人啊！請算算牠需要飛行多少路程和時間才能築好一個窩。我以前只知道鳥兒會築巢，想不到小小的蜂兒也有這個本領！

現在，這個蜂窩已有一個鴨蛋的大小了（我不明白牠為什麼要愈築愈大）；每天上午我伏案書寫時就會看到這隻碩大壯健的野蜂從牠的窩裡鑽出鑽入，飛來飛去，忙個不停。牠會釀蜜嗎？是不是釀在這個窩裡？我現在還沒有研究出來。不過，注視著牠在我的窗前活動，已成為我每天生活中的一部分。看！金色的陽光下，牠那紅褐色的身體多麼美麗！我真的已經喜歡起這位勤勞的小鄰居來了。

昨夜夢魂中

昨夜，在夢魂中，我又回到我的童年去。

荔枝灣頭的荔枝熟了，鮮紅的果實，纍纍掛滿枝頭。爸爸帶著我們，僱一艘小艇從荔枝灣頭划向河面納涼。迎著我們的是一面巨大得像腳踏車車輪般的圓月。「好大的月亮啊！」妹妹拍著手說。那個橙黃色的大圓月亮，三十年來未曾忘懷過；昨晚，它又進入我的夢中，那個朦朧的、扁平的、像剪紙貼在天幕上的橙色的初升圓月。

外公廳堂上香煙繚繞，神龕上供著一尊關聖瓷像，他坐在桌旁秉燭夜讀春秋，紅臉襯著綠袍，樣子很威武，栩栩如生。我們幾個小孩子圍著外公要他講故事，他卻指著剛剛穿上童子軍制服的我笑著說：「童子軍，吃餛飩；打破碗，賠五文。」這是當時很流行的童謠。我嘛嘴不依，外公拍著我肩膀說：「童子軍，別生氣！阿公請妳們吃餛飩。」大門外，正響著賣餛飩麵擔子的木梆聲。昨夜夢中，我看見那尊關聖像的臉是我外公的面孔，賣餛飩的篤篤篤木梆聲又依稀可聞。

那似乎是更遙遠更模糊的事了，我只是個剛進小學的小女孩；可是，昨夜我又夢到了那片鐵路旁邊的大草坪，那塊我們每天放學後去打滾去互相追逐的地方。草坪很廣闊，還有一個斜坡，草又細又軟，我們往往故意從斜坡上滾下來，就簡直像滾在地毯上一樣舒服。在夢中，草坪還是那麼綠油油的，但一同遊戲的小朋友們卻變成了我現在的孩子。

我多希望這個夢永遠不醒呀！

窗景

窗是居屋中巨大的、無價的、四時變化的、最美麗的壁畫。不要為你的四壁空空、沒有裝飾而發愁，只要你有一扇窗子，而這扇窗子外面沒有高牆擋住，那麼，你就會欣賞到無數美景。

從這扇窗子，你可以欣賞到燦爛的朝暾與綺麗的夕陽；那滿天的雲彩，正是上帝最得意的油畫傑作，居然就懸掛在你的窗框上。月明之夜，你可以看到一個鍍銀的光明世界；而濃霧的晚上，那昏黃的街燈，那像浸在牛奶中的樹木，不更富詩意嗎？春來，從窗口可以看到樹梢嫩綠的葉子，以及在枝頭呢喃的小鳥；夏至，薰風徐來，濃蔭搖曳，綠意盈窗，使人渾忘酷暑；秋日看著那一角灰色的天空，還有不斷飄落的枯黃的葉子，就知道季節的更換；冬天，南國雖然沒有下雪的景色，然而，只看窗前那幾株在寒風中顫抖著的枯枝，就足以構成一幅冬景。

窗是每一間房屋的天然鏡框，不論晨昏冬夏，它永遠為你供應著美妙的畫圖。我從來不曾厭棄過我這所往了七年的一角小樓，因為這兒有著兩扇明亮的大窗，使我可以看到遠遠的青山和馬路旁的綠樹。

鴿子

像披著灰袍的國王在高貴地踱著步的，是你，小鴿子。

每當我在窗前讀倦時，一抬頭，便會看見對門屋頂上的鴿群。牠們有的在悠閒地散步，有的如尊貴的兀鷹般昂首挺胸的棲在屋脊；牠們美妙的姿態，往往吸引得我凝眸半日。

我喜歡鴿子，不只因為牠是和平之鳥，更由於牠的富於詩情畫意。聽！西班牙名曲「鴿子」中的「……我將在良夜中化鴿歸來……」看！電影「破鏡邊緣」中那個一群白色鴿子在夕照中變成金鴿的鏡頭，世界上還有比這更美的事物嗎？

淒寂的美

我不知道為甚麼，有許多我想說的話都被古人先說了。是我太笨？是我思想太遲鈍？還是我與古人「英雄之見略同」？我不知道，真的不知道。

我不算是個多愁善感的人；但是，從初中時代開始，我就一直偏愛著那些哀愁欲絕的詩詞。看，「莫道閒情拋棄久，每到春來，惆悵還依舊。……」「春蠶到死絲方盡，蠟炬成灰淚始乾」等等，就是我少年時最喜歡的句子。而這些年來，雖然我的興趣已由讀詩轉移到聽音樂；然而，我依然喜愛著那憂鬱的、帶著淡淡哀愁的樂曲。「寂寞的心」裡的「唯有寂寞的心知道我的憂傷」，還有每一首協奏曲中悱惻哀愁的慢板，都使我陶醉不能自已。

難道我想自尋煩惱？難道我不愛歡笑？不！短命詩人雪萊說過：「傾訴出最淒涼的思想的歌聲，是最甜蜜的歌聲。」安德烈也說過：「詩是憂愁的姐妹；每個受苦啜泣的人都是一個詩人；每一滴淚珠都是一句詩句；每一顆心都是一首詩。」這就是我心中的話，只是，當我還想不出用什麼適當的辭句來表達時，就被這兩位「蕭條異代不同時」的異國詩人先說出來而已。

在藝術的領域裡，尤其是在詩和音樂的天地中，帶著淡淡的哀愁的作品往往是最能感人的。但是，它必須哀而不傷，而且不是無病呻吟；否則，滿紙嘆息之聲，哭哭啼啼的，徒然令讀者反感。

宋詞為什麼都那麼美，就是因為詞中都揉合著淒婉的感傷之故。詩人們為甚麼都喜歡歌詠落花、殘月、斜陽、斷橋、秋雨、西風，也正因為這些景物有著淒寂之美。

試以電影為例，是一齣令人哈哈大笑一場的喜劇、或是一齣令人蕩氣迴腸的悲劇更具有感人的力量呢？

懂得去欣賞有著淒寂之美的詩詞和樂曲，真是心靈上最高的享受。你說，帶著淚光的微笑是不是世界上最美的笑容？

漫步・漫談

走出辦公廳的大門，黃昏的微風吹醒了我昏昏沉沉的頭腦。此刻，我才意識到室外的空氣與室內的是如何的不同：室外的，清新涼爽；室內的，混濁而悶熱，晝夜亮著的慘白的日光燈把每個人都照射得像貧血患者。整個下午，我就坐在渾濁而悶熱的空氣中，在慘白的日光燈底下，讓數不清的大大小小的鉛字以及原稿上各式各樣的字跡看得我的眼睛發花，塞得我的頭腦發脹；但是，現在被涼風一吹，我又恢復過來。

我用中速的步子走著，走得太快會流汗，走得太慢便變成散步。每天下班後這廿幾分鐘的走路，是我唯一的運動。除非有事，我是絕不放棄的；否則，腰腹間的剩餘脂肪愈來愈多怎麼辦？

前面有一群年輕的女工，個個都穿得漂漂亮亮的，從那家新建的工廠裡走出來。也許是因為她們的工作場所夠寬廣、涼快而舒適的緣故，所以心情愉快吧？一路上，她們都吱吱喳喳的談著笑著，像一群快樂的小麻雀。她們的青春活潑使得我暗自傷神；然而，她們的歡愉氣氛也感染了我，我的腳步不由得也就輕快了起來。

一條小巷中搭了一座簡陋的野戲臺。幾根木柱、幾塊木板，就成功了一個可供無數人消遣的場所，這真是最大眾化的娛樂。戲還沒有開始，臺前那道花花綠綠的佈景已吸引了一大群孩子；我不難想像得出，開演時人山人海的盛況。

臺後八九個歌仔戲演員在休息，或坐或臥，怡然自得，正等著上戲。他們之中有男有女，有青年的，也有中年的。有的人在捧著飯盒子吃飯，也許他的飯盒裡只有兩條鹹魚和幾片黃蘿蔔，但是，他卻吃得多麼開胃！有的人在化妝，臉上的白粉幾乎有一寸厚，胭脂塗得血紅，好怕人，等一會兒上了臺，她可就是個「俏佳人」哩！

我從來不曾看過如此公開而毫無保留的後臺。他們的表情為什麼都這樣愉快？難道是流浪的戲班子都有著吉普賽人四海為家的浪漫情操麼？只是，他們臉上那帶著藍調的脂粉色，卻似乎表現出微微的傷感，使我想起了「梨園弟子江湖老」、「落魄江湖載酒行」這些淒美的詩句。

路旁一個水果攤的彩色吸引了我。看！那一串翠綠和紫紅色的大葡萄，碩大無比、紅得誘人的「蘋果芒果」，黃澄澄的香蕉，碧玉似的香瓜，還有四季不斷的西瓜和鳳梨，未到秋天就已成熟的龍眼，芳香撲鼻的番石榴，……在果販不經意的陳列下，這些果實構成了一幅完美的靜物畫；假使塞尚復生，恐怕也忍不住要用他的丹青妙筆把它們描畫下來吧！寶島水果真是一年比一年長得好。去年產的葡萄還是又小又酸澀得不能吃，今年的就顆顆又圓又大又甜了。我們的口福真不淺啊！

為了避免車塵，我總是盡量抄小路走。這一條小徑可真完全是鄉村風味。泥路、木屋，加上路旁的菜畦，我幾疑自己走到了郊外；其實，外面那條大馬路，如今正是車如流水馬如龍啊！上次，五妹從香港來時，我帶她坐車經過這裡，她很詫訝的說：這裡為什麼有點像桂林？是的，這一個角落的「落後」情形的確有點像二十幾年前她兒時所見的桂林；不過，這又有什麼關係呢？臺北市已在蛻變中，不出幾年，這裡也會高樓聳立的。

泥路的盡頭是一大片沙地，這是幾個月前拓寬馬路的「成果」。每天，我走出巷子去搭公共汽車，這片沙地是必經之路。在烈日之下，熱風過處，沙塵蔽天，每個行人都弄得一身灰土。我常戲稱這裡為大戈壁沙漠。真的，在卅七度的酷暑中，要走過這片行程一分鐘的沙漠地，的確頗有置身烤箱又被人撒上胡椒粉的感覺。聽說，我們的工務局作風一向就是如此，馬路拓寬以後，往往一兩年也不鋪柏油，任由附近的居民和行人飽受風沙之苦。自從我每日必須橫過「沙漠」之後，就非常的懷念以前那條狹窄的柏油路了。

英文裡有一個字——Meandering，意義非常的妙，既可當漫遊、漫步解，又可以作漫談、聊天之意。我很喜愛我每天這小段「漫步」的時光，一面走著，我的思想也就海闊天空的到處漫遊一番。如今，我又把這些思想捕捉下來在紙上漫談，這該不算是胡扯吧？

冷雨敲窗的黃昏

有涼風起自天末，那是南太平洋的颱風小姐裙裾的微颺。稀疏的雨點敲打著我樓頭的玻璃窗，為寂寞的黃昏增加了清脆的音韻、輕柔的旋律。雨絲使得暮色更朦朧了，朦朧得像在霧裡，而那些昏黃的路燈就像一朵朵霧裡的黃花。我獨自坐在樓頭，聽雨點敲窗，看霧裡的黃花圍繞著我。這樣的夜晚，在人生中會有幾個呢？以前似乎不曾有過，以後誰知道會有沒有。那麼，也許就只有這麼一個了。想著，我不覺瞿然。人生中的每一年、每一月、每一日、每一刻、一分、一秒，不是都不會重複的嗎？就只有這麼一次了，多寶貴的一分一秒！為什麼還有人怨嘆生活刻板呢？每一分一秒都是不會重複的呀！我就很珍惜這個雨點敲窗的黃昏，因為我不知道我是否會再遇到同樣的一個。

可不是嗎？逝去的永遠逝去了，它們將永遠不會再回來。在那些日子裡，你和我都曾經和鄰兒在巷口玩泥沙，為了一顆彈珠而打架。你也有過逃學到人家果園裡偷摘果子的經驗吧？瞞著舍監躲在被窩裡偷看小說又是什麼滋味？你曾經看見花殘而掉淚，看見葉落而嘆息嗎？如今你一定會說這是愚不可及幼稚不堪的行為，是不是？這證明了那些日子已經很遠很遠。在那些日子裡，有笑聲，也有淚痕；如今，剩下的卻只有木然的表情和一顆冰冷的心。

我從來不曾這樣偷懶過，我只是呆呆地坐著，什麼也不想做。也許是因為難得有這樣清靜的夜晚，就乾脆讓自己自由一下也好。對時間我一向是個吝嗇鬼，從來不敢浪用一分一秒。這樣呆呆的坐著，既不做事，也不思索，簡直是奢侈的行為。啊！算了，人生幾何？同樣的夜晚是不會再來的，為什麼要對自己那麼苛刻？冥想吧！幻想吧！做夢吧（可惜我做夢的年齡已經過去了）！今夜是你的！有涼風微颸，有雨點敲窗，有霧裡的黃花環繞。這真是個適宜於孤獨地做夢的黃昏，珍惜它吧！它永遠不會再來了。

灕江小唱

灕江，這美麗的河流，在它澄碧透明的江水上，曾經有過我多少歡笑和淚痕啊！

爸爸的來信

每天看船夫們唱著山歌搖著櫓，越過險灘，渡過激流，到了第二十天，我們終於到達了「欸乃一聲山水綠」的桂林城外。木船一靠岸，來接船的曾叔叔便交給我們一封信說：「你們走得好慢啊！你看，人沒到信倒先到了。」

啊！是爸爸的來信。還沒有交給媽媽，我和妹妹就搶先拆閱了。「……今天早晨，我乘一隻小舟到昨夜你們停船的地方去，想多見妳們一面，親自看著妳們啟程；然而，舟已去人已空，江面上哪裡再有妳們的踪跡？只好悵然而返。……」

讀到這裡，我和妹妹都哭了。媽媽嚇了一跳，連忙把信拿過去看，看完了，她笑罵我們：「傻丫頭！這有什麼好哭的？」說著，她自己也眼圈一紅。

為著一家人的生活，爸爸經年在外奔走，難得跟我們團聚在一起；這一次卻是為了戰爭的關係，爸爸先把我們母女送到桂林去。烽火連天，離合無常，我們又怎能不哭呢？

夜泊

沒有落月，沒有啼鳥，沒有滿天的飛霜，沒有江楓，也沒有寺廟的鐘聲；但是，那黑黝黝的夜晚，一江的漁火，卻彷彿是唐人句中的景色。我在客船中躺著，靜聽江流有聲，船身微微晃動著，使人有睡在搖籃中的感覺。這詩一般而淒寂的情景，要是在今日處之，想到國家多難，身在流離中，一定會悲痛不能自已。可是那時我太年輕了，年輕得還不懂愁滋味，所以我不能把張繼的詩句改為「一江漁火對愁眠」。因為只有漁火、客船而沒有愁眠啊！

江上的霧

一個清晨，我在船上推開篷窗外望。呀！窗外白茫茫一片，山不見了，甚至河水也不見了，我們被包圍在濃霧中，不，是曉之女神用她的白紗巾把大地蓋住了。這白紗巾好輕盈好柔軟啊！曉之女神把它掀起來了，現在，它變成了輕煙，變成了飛絮，飄飄忽忽地像無數幽靈在水面上跳舞。東方，在白茫茫中透出了一道迷濛的光，漸漸的，我看見霧中有半輪紅日在冉冉上昇。幽靈們跳得更急了，我知道，牠們是屬於黑夜的，見不得光明。紅日出來了大半輪，現在一輪完全出來了，輕煙和飛絮通通不見了，幽靈們也消失得無影無踪。紅日變成白日，河面上又像每天一樣，依然是綠水青山的世界。

睡在星光下

經過了幾年的離亂，我長大了，我又從灕江回去，只是，我的身邊多了一個他。

我不記得在江上的哪一站了，總之是一個小得沒有客店的村莊。我們所乘的船小而人多，到了晚上，睡覺成了問題。有人提議到岸上去睡，立刻，船上所有的年輕人都離開了那條狹小的木船。

小小的露天碼頭很乾淨，大家在那上面把舖蓋打開，有很多人立刻就呼呼的睡著了。我和他在靠河的一個角落裡各自擁被而臥。河水在下面沖擊著碼頭的木樁，發出悅耳的聲音；天空上的星星像一群頑皮的孩子在向我眨眼；南國晚秋的夜風涼涼的，吹在臉上很舒服。我從來不曾這樣接近過大自然，在群星的守護下，竟很快的就睡著了。

在灘江的岸邊，我總算做過了一次真正的露宿者。

晴秋散記

藍、褐與金黃

在我的感覺中，繁花似錦的春天是彩色絢爛的，濃蔭處處的長夏是綠色的，冰天雪地的冬季是白色的；而寧靜的秋日卻是由藍、褐與金黃三個顏色組成。

藍色是秋日的天空與湖水，褐色是落葉與漸枯的植物；金黃是秋陽與成熟了的禾稻。澄碧如洗的長空、蕭蕭的黃葉、疏落的枯枝、田中金黃色的禾堆，交織成一幅恬淡的秋色圖。

太豔的彩色我嫌其俗，太濃的綠我嫌其膩，純一的白色我嫌其單調；所以，我寧捨春、夏、冬而取秋天。藍、褐與金黃這三個顏色，何其雅致，何其幽遠！

山中

由於近日的天氣晴朗涼快得太誘人了，我忍不住一次又一次到郊外去，想多享受晴秋的美景。

我去郊遊，醉翁之意並不在目的地的名勝古蹟，而在乎在車上遊目騁懷之樂。那天去烏來，車子飛馳在公路上，漸漸遠離市喧，漸漸進入群山之中，我就已開始體味到此行的歡樂。山中有參天的古木，有潺湲的流水，有鳥鳴啁啾，有秋蟲吟唱，極富原始味道。車行在青山翠谷之間，峰迴路轉，拐了一彎又一拐。許多第一次來的遊客都抱怨為什麼還不到，我卻寧願永遠到不了，因為烏來實在沒有什麼可看，倒不如在車上欣賞金色秋陽下的山林。

林間小坐

天空高得出奇，飄浮著兩朵棉花似的白雲，卻顯得更加蔚藍了。風好涼，涼得使人覺得陽光特別可愛。樹葉在沙沙低語，偶而輕輕舞動著它們鑲著陽光的金線的綠裙子。花兒都不見了，也許是尋夢去了吧？草間的蟲兒都換了黃褐色的秋裝，看！草叢中那隻螳螂，我還以為是一根枯梗哩！草坪上有成群的麻雀在跳躍、啄食，看牠們那種怡然自得的表情，真像是一群快樂的天使。

群山環繞著我，寂寂無語，彷彿是沉默的巨人；與麻雀的吱喳，恰成對比。我坐在一棵古松下，靜默一如群山；然而，我的內心卻喧囂如麻雀，因為我有無數的詩思要湧出來。

殘荷

那天走過池邊，看見滿池的荷花都枯萎了，但是還吐著淡淡的清香，隨著秋風飄送。想到不久以前，還是滿池亭亭玉立的凌波仙子，伴著田田圓葉迎風而舞，心中就感到難過。

荷花不算很美，卻另具有出塵之姿，正如一個面貌並不艷麗而風度絕佳的女人一樣。她那又圓又大的葉子也是逗人喜愛的，尤其是有露珠在葉子上顫動著時，那真像水晶珠子盛在翡翠盤中。如今啊！卻是花瓣凋零，葉子枯謝，只剩下一池的憔悴，任憑金色的秋陽如何溫暖，再也喚不醒它的芳魂了。

除了我，池邊還有另外兩位坐在長椅上的女士。不論她們是否像我一樣在憑弔殘荷，我們三個，總不算是趨炎附勢之徒吧？

夜的陽台

假如你能夠找到一個涼快的所在，那麼，夏夜是很美的。譬如在山上，譬如在海邊，譬如在溪畔，譬如在高樓，那裡的清風明月，都可以任你享受不盡。可惜，窮忙如我，既沒有多餘的時間與金錢到名山勝水去徜徉；也不願意到夜都市中充滿了聲色誘惑的觀光飯店的高樓上去摘星。因此，我只好在家中的陽台上挹取夜涼，而且也自得其樂。

黃昏過後，洗過澡，換上一件寬鬆的舊衣，搬一張籐椅，坐在陽台上。這時，你會很驚訝，只不過一扇薄薄的紗門之隔，何以陽台上這樣涼爽而屋裡那麼悶熱。這就是夜涼。它不同於冷氣的砭人肌骨，更不同於電扇所製造出來使人昏昏欲睡的熱風。它像是一盞透明的、淡綠色的薄荷酒，就是那麼涼涼地直沁心脾，使人渾身舒暢。

天已經完全暗下來了，我沒有打開陽台的燈，因為我覺得在黑暗中更富情調，而且也比較涼快。對門那一列跟我們一式一樣的屋子的陽台上都寂然無人，巷子裡也沒有孩子們在遊戲喧鬧。原來，每一家的電視機都在播放著精彩的節目，所以，大人和孩子都寧願忍受悶熱，躲到屋子裡去。這樣更好，我的夜可以更清幽一些。

貓咪也到陽台上來納涼了，這種在秋冬裡喜歡曬太陽和偎熱灶的小動物，原來也怕熱的哩！牠把半個身子從鐵欄干的空隙中伸到外面去，好奇地注視著巷子裡的一動一靜。一部腳踏車嘎然而過，一個賣糯米粥的小販直著喉嚨在叫賣，都會使得牠豎起耳朵。這隻毛色光潤的虎斑貓是我和孩子們的寵物，我們常常把牠和西班牙大文豪希梅涅斯（Jimenez）的那隻知心驢Plattero相提並論。可惜，貓兒沒有驢子聽話，牠什麼事都是唯我獨尊、一意孤行，一點也不知心。

夜涼漸漸沁入我的靈魂深處，像薄荷酒的冰涼漸漸沁入我的胃囊中。幽暗的夜空上有幾顆不太明亮的小星星在孤寂地閃爍著；鄰家院子中一樹不知名的白花在發散著淡淡的芳香。我雖未飲薄荷酒，但是已有微醺的感覺。

於是，於是我又想到了另一個已故的西班牙詩人賈西亞・羅加（Garcia Lorca）的陽台，以及他的名句：「假如我死了，讓陽台的門開著吧！」他真是一個和我一樣喜愛陽台的人。他那個小小的陽台多可愛！白色的鐵欄干內，灑滿了南歐金黃色的暖陽；陽台的對面是一片鬱鬱葱葱的林木，綠葉中綻放著一叢一叢粉紅色的花朵。我完全可以想像得出，當詩人坐在門內那張搖椅上眺望著陽台下的美景時，心中是如何的感受。「……讓陽台的門開著吧！」否則，詩人怎能享受得到那金色的暖陽？怎會看到那一叢叢粉紅色的花朵？

我不是一個詩人，我的陽台的欄干油漆已經剝落，我的陽台對面只是一列樓房，看不到美景；但是，我仍然喜歡我的陽台。因為，在這裡，起碼可以享受夜涼，看到星星，聞到花香。

不知心的貓咪早已在我的腳邊睡著，我也微有倦意。伸個懶腰站起來，趁著我的靈魂中還有著薄荷酒的微醺，我也要趕快尋夢去。

讓陽台的門開著吧！朋友！否則，你將會失去許多生活上的樂趣。

潭上

在那個輕雷隱隱、山雨欲來的夜晚，我們兩個人忽然雅興大發，竟跑到碧潭去泛舟，真是有點神經兮兮的。

你說，今夜沒有月亮，沒有星星，太掃興了，我卻反而欣賞那份難得的清靜。潭上靜悄悄的，除了一艘亮著燈賣食物的小舟在遠處遊弋外，就幾乎沒有其他的舟楫了。我閉著眼睛，享受著潭上清涼的夜風，聆聽著雙槳拍水的聲音，恍疑置身在二十年前的桂江。啊！綠到濃得化不開的碧潭，不是恰似山青水碧的桂江嗎？

碧潭樂園的彩燈給這個名潭平添了一幅瑰麗的人工景色，還好艷而不俗。你說這座綴滿紅黃藍綠各色彩燈的小山像一棵巨大無比的聖誕樹，我卻寧願讚美倒映潭中的燈影。潭水是靜靜的，燈影也是靜靜的，像是垂在水中的一條條彩帶，只有在微風過處，它們才輕輕地擺動、蕩漾起來。

我們也曾站在那像浪木又像鞦韆的吊橋上，去追尋那褪了色的青春美夢，你回憶在假期中騎腳踏車到西山去旅行的歡愉往事，我卻念念不忘桂江的綠水和陽朔的石峰。

烏雲隱去，明月出來，潭上也頓時亮了許多，你竟然高興得歡聲大叫，是什麼使你變得年輕起來的呢？看！岸邊這一排停泊著的小艇，在月光下都泛白色。你說像是許多餃子，我卻說像是鍋貼，因為它們又細又長。但是，我們為什麼不說它們像玄關上擺放著的許多女鞋呢？尖尖的翹起的鞋頭不正是最時髦的款式嗎？好多好多的鞋子啊！許是潭之女神在設宴款待她的閨友吧！她住的可又是日式住宅？

一隻小艇從懸崖下的陰影中划了出來，在墨綠的潭水的襯托下，小艇只是個黑色的輪廓。你說它像一幅剪影，我卻說像一幅水墨畫。無論它像剪影也好，像水墨畫也好，如此清幽絕俗的一幅圖畫，已被我們攝入心靈的照相機裡，鐫刻在記憶中了。當然，我們也不會忘記那棵大聖誕樹、那些彩色的帶子，還有那些像鍋貼、水餃，也像女鞋的小艇。

最空靈的山水

近來，我們家裡流行著「空靈」這個名詞，不論寫文章、作畫、思想，都非「空靈」不可，否則便會被識為傖俗。我們也常常討論，哪一個詩人、哪一個畫家、哪一本書、哪一首樂曲、哪一部電影、哪一個地方的山水最空靈。當我們談到山水的空靈時，也許是我的遊踪太狹，視聞不廣吧？毫不猶豫地，我馬上想到了桂林和陽朔。

桂林和陽朔山水之美，美在灕江；而江灕之美，則美在有一股空靈之氣。大凡山水，貴在自然，一加上了亭臺樓閣等人工點綴，多美的山水也會變得庸俗；灕江的景色便完全是沒有經過人工雕琢的，天生麗質，秀逸自然。

其實灕江的景色單調得很，除了澄碧的江水綠得誘人外，兩岸便都是筆立的石峰；假如把這個景色入畫，恐怕只要用灰、綠、藍三個顏色便夠了。唯其如此，才顯出它的空靈以及不食人間煙火。

灕江的景色本身像是一幅水墨畫，假如把它畫成油畫，就覺得俗了。面對灕江，你只會想到謝靈運、陶潛、王維、孟浩然，決不會想起雪萊、拜侖、蘇曼殊或徐志摩，甚至不會想到華茲華斯和惠特曼；因為灕江的景色是中國式的、饒有古風的。它就是它，它不是西湖，不是峨嵋，也不是牯嶺。

抗戰末期，我曾經三度經過灕江，在那裡，我體會到了唐詩中「楓橋夜泊」、「煙銷日出不見人，欸乃一聲山水綠」的況味，它的綠水也曾深深陶醉了我，二十年來，魂牽夢縈，無時或已。

我愛灕江，不只因為它的景色空靈，更因為它曾經有過我少年時的遊踪與夢影。

後窗

我有一面向東的後窗，它，無分晝夜地供應我以變化無窮的奇景與圖畫。

富人們可以在名山勝水中建別墅，在美景中過豪華的生活；而我，只因從後窗中可以眺望到植物園的樹梢，就自以為是無上的福氣了。可不是嗎？「弱水三千，我只取一瓢飲」，擁有整個植物園也好，只能遠遠望到它的樹梢也好，於我而言，那感覺並無分別。

我們住的是二樓。前面是一列一式一樣的樓房，和我們望衡對宇，聲息相通；我極少到陽台上欣賞對門盛開的杜鵑花和那隻頑皮可愛的小狗，因為我不願意跟鄰人「面面相覷」。於是，後窗就成為我寄傲遣懷的好去處。

後窗的下面是一條窄巷，很清潔，也很清靜。窄巷再過去，全是些低矮的平房，使我的視線得以毫無攔阻的看到了植物園的樹梢。這些平房之間，有著好些樹木，在植物園的襯托下，一眼望去，一片翠綠，鬱鬱葱葱，居然有點郊原景色。在這些樹木之中，有兩棵靠近我窗前的樹特別得到我的喜愛。一棵是完全沒有半片葉子的枯樹，枝椏嵯峨，透著一種豪邁而蒼涼的味道，每一看見，我總會聯想到馬致遠那首著名的「天淨沙」，「枯籐老樹昏鴉……」；可是，這裡並沒有老鴉啊！另外是一棵我叫不出名字的樹，葉子細細的、密密的，顏色很嫩，整棵樹的形狀都很柔美，尤其是在陽光下面時，每片葉子都似鍍了金一樣的閃閃發光，像長了一樹的金箱，看著，心中真有說不出來的舒暢。

清晨，推開後窗，第一個向我招呼道早安的便是太陽。這時的太陽，樣子好溫柔，小小的、白白的；孩子說它像個白金盤子，我卻返老還童的用幼兒的想像力說它像月亮。

有霧的時候，我可以從後窗看到輕紗般的薄霧從遠處飄過來。它飄過樹梢，飄過電線桿，飄過屋瓦，溶溶地滲進我的後窗裡來了。是哪裡來的巨人噴出這麼大口的煙？

入夜，是我的「後窗畫」最美的時候。在朦朧的光線中，所有的樹木和房屋都只剩下模糊的輪廓，每一家的窗口都露出了橙黃色的燈光，看著就感到溫暖。他們用的都是燈泡哩！我最不喜歡日光燈了，它的光是冷冷的，把人的臉都照得發青。這裡的燈光疏疏落落的，掩映在樹叢中，極富情趣；沒有俗氣的霓虹燈，沒有花花綠綠的廣告牌，只有遠處一家小小理髮店的三色筒在轉動著，為這個樸素的夜景增加一點色彩。我不明白遠處的燈光為何看來都如此可愛，自己在燈光下時卻又只感覺到四周的黑暗可怖？也許就是「人在福中不知福」的道理吧？

因此，我有一扇可供我觀賞大自然景色的後窗就很滿足了。

失落的畫

一個早上，兒子對我說：「媽媽，你看我們屋子後面少了什麼東西？」

我站到後面陽台上一看。可不是嗎？正對我們後窗一棵枝葉濃密的大樹被砍掉，另外一棵枝椏嵯峨的枯樹也不見了。少了這兩棵樹，我們的後窗風景馬上失色，放眼望去，只看見一排灰色的瓦房，以及一些遙遠的樹梢，景色單調而平凡，它不再是一幅多彩多姿、晨昏變化的後窗畫了。

記得八個多月以前，當我剛搬進現在的住所不久時，還曾經為我們的後窗景色迷惑過，寫了一篇以「後窗」為題的短文，大大吹噓了一番，以至朋友們來訪，都要參觀一下我的後窗。在朋友們的眼中，也許覺得這種景色並無可取；然而，在我的心目中，卻有不同的看法。我是一個看到牆角一朵野花、路旁一株小草都會欣悅萬分的人，面對後窗叢叢綠樹、遠山和藍天，又怎會不心滿意足？

當然，構成我後窗景色的，主要還是那棵枝葉濃密的大樹和那棵枝椏嵯峨的枯樹。大樹的葉子細細的，顏色嫩嫩的，有陽光的日子，就像一棵長著金葉的樹，非常好看。小鳥們在樹枝上築了一個鳥巢，我常常看到可愛的鳥兒在那裡飛出飛進。枯樹的美是在它的樹枝疏密有致，雖然一片葉子都沒有，但是卻另有一番韻味，令人想起國畫中的景色。

如今，這兩棵樹都被斫倒了，樹側的人家正在興建二樓，幾個赤膊的工人爬在烈日照射下的屋頂上，終日敲敲打打的，敲破了我的後窗景色，也敲碎了我的田園夢。

放眼看遠一點吧！瓦屋後的樹叢、植物園的樹梢、如北平天壇似的科學館的圓頂、深藍色的遠山、淡藍的雲天……這些，不也都是我的後窗畫嗎？雖然遙遠一點，也許仍然可觀，而且正好符合了「君子之交淡如水」的古訓呀！

秋天的日影

午睡起來，想為遠隔重洋的兒子寫封信。看見白花花的太陽光灑滿了我的書桌，心裡想：坐在陽光下太熱了，到另外一間房間去寫吧！這時，我聽見廚房中的開水響了，就到廚房去把開水灌進熱水瓶裡。

兩分鐘以後，我回到臥室，奇蹟似地，灑在書桌上的陽光不見了，秋天的日影移動得真快，它像是被神仙的仙杖一指，轉瞬之間，便從我的書桌移到床上。

我一星期只有一天待在家裡，一個家雖然收拾得整整齊齊、窗明几淨的，卻很少有享受的機會。這時，我覺得：光是坐在窗前看日影在室中移動，也是一種福氣。

坐到書桌前攤開信紙，我這樣寫給我的孩子：「你身在寒冷的北國，會懷念臺灣溫暖的陽光嗎？」

自我陶醉

我的書架只是一架極為平凡的木質書架，架上也沒有珍貴的典籍。不知怎的，我對我的書架卻是珍愛逾恆，愈看愈愛。有時，我會對著我的書架以及架上牆壁上掛著的一幅名畫和兩張照片（書架和牆上的鏡框也構成一幅圖畫），呆呆注視許久，這樣，我也能產生無上的美感，而且覺得很快樂。

我書架上的書並不一定都是精裝的，大多數又是舊書，它們居然能夠予我美感，這當然由於我的自我陶醉。不過，假使自我陶醉也能使人快樂的話；那麼，自我陶醉一番又何妨？

蘆花小唱

天天都經過那座大橋，但是，我並沒有注意到橋下河灘上那一叢叢的蘆葦。忽然有一天，我看到了橋下迎風招展的一片白，這才想到——蘆葦開花，秋意已漸深。

一句詩閃過腦際：「一夜蘆花白了頭」。健忘如我，竟然想不出這是前人的句子還是我自己的胡謅。

蘆花並不美麗，可是卻使人聯想到國畫與詩詞，也想到北國的秋。這時，古人的詩句真的一一湧現腦際了：「只在蘆花淺水邊」，「蘆花風起夜潮來」，「已映洲前蘆荻花」……遙想北國的江邊，煙水蒼茫，雪白的蘆花在秋風裡翻飛著，不禁神往許久！

啊！「不知何處吹蘆管，一夜征人盡望鄉」，我從來不曾聽過蘆管的聲音，在想像中，它一定是淒清有如洞簫的吧？我也想折一根蘆管，吹出我濃重的鄉愁。

雨腳如麻

雨，滴滴嗒嗒的落著，落在屋瓦上，落在簷角上，落在馬路上，落在水溝上，雨點連著雨點，雨絲連著雨絲，密密麻麻，洋洋灑灑，似乎永遠不會歇止？令人想起了杜老的「雨腳如麻未斷絕」。

我獨坐在窗前，面前攤開一本書，眼睛卻望著窗外。對街那盞昏黃的街燈，在雨絲的籠罩下，顯得更幽暗了，與其說它是一盞燈，不如說它像一朵花，像一朵在霧中的黃花，有著朦朧之美。

馬路上有幾泓水潭，在微光的反照下，我看見雨珠在那上面跳舞。好輕盈的舞姿呀！這些最小最小的跳舞小精靈！

偶然一部汽車駛過，水潭中水花四濺，發出了沙沙的潺潺的聲音；在汽車所發出的各種聲音中，我覺得這是最悅耳的一種了。

不知誰家的收音機在播放著貝多芬的「悲愴奏鳴曲」。以前，我聽這首曲子是不大感到

「悲愴」的；但是，在今夜——一個寂寞的雨夜，那徐緩的、憂鬱的、美麗的旋律卻使我有說不出的難受。輕柔的音符和雨聲，一點點，一滴滴地打進心靈的最深處，給澄明的心湖灑落閒愁萬斛。

窗外，霧中的黃花顯得更朦朧了，水潭上的小精靈也跳舞得更起勁。雨，滴滴嗒嗒地落著，似乎永遠不會歇息，令人想起了杜老的「雨腳如麻未斷絕」。

生活的小詩

玻璃門後的小花

為了怕熱，我家陽台的門是日夜都開著的。這扇門最上面一格嵌著玻璃，其餘三格都是毛玻璃；它打開了以後，正好靠在我家和鄰家之間的矮牆上。鄰人在牆頭上擺了一盆花，巧得不能再巧，那盆我叫不出名字的紫紅色的小花和一些嫩綠的葉子，剛好露出在那一格玻璃的後面。黃褐色的門框是現成的鏡框，這是一幅動人的靜物畫。

當我坐在書桌前的時候，每一抬頭，就可以看到透過玻璃門向我微笑的紫紅色小花。這種單瓣的小花，實在不怎麼美麗；可是當它們沐浴在黃金色的陽光下，在初秋的微風中輕輕舞蹈著時，真是風情萬種，往往引得我停下筆來，凝眸遐想。雖然只是幾朵微不足道的小花，它們給予我的美感，並不在一盆名種的玫瑰或蘭花之下啊！

虹

那天，在一場大雨之後，我從外面回來。被雨洗過的晴空上，一道巨大無匹、瑰麗無比的七色虹在指引著我的歸程。當我走到一個廣場上時，這道神仙橋顯得更清晰，看起來也更接近我。我從來不曾看過這麼完整的虹，它橫跨在天際，我彷彿清清楚楚地看見「橋腳」是從遠處那幢高樓的屋頂上開始的。我真想趕快跑到高樓那裡，上到屋頂，爬上這道神仙的橋，使我可以到天堂上遨遊一番。

廣場上聚攏了一群孩子，他們都仰頭望著這道美麗的彩虹拍手歡呼。我聽見一個很小很小的小女孩問她的媽媽：

「天上那條美麗的絲帶是誰的？媽媽，妳去把它摘下來給我玩好嗎？」

呀！廣場上活潑可愛的孩子！廣場附近的叢叢矮樹，遠處的新式公寓，更遠處的紫色群山，還有橫跨天際的彩虹。我恨我不會畫畫，而這枝禿筆又是如此笨拙，難以捕捉當時的美景。

屋瓦上的訪客

我窗子的對面是長長一列深灰色的屋瓦，把藍天遮住了一大半。本來，這樣的景色是最單調的；但是，由於時常有成群的鴿子和小麻雀在那些屋瓦上棲息、遊戲，單調的景色也就變得多姿多彩了。

鴿子真是家禽中最美麗最可愛的一種。這和平之鳥，牠們的體態又是那麼軒昂；當牠們抬頭挺胸在屋瓦上緩緩踱著方步，我老是覺得像是一群古羅馬的穿著灰袍的貴族在廣場上漫行。我固然很欣賞鴿子在飛翔時翩若驚鴻的美妙姿勢；不過，牠們在屋瓦上的靜態美卻又另有動人之處。

和鴿子們相反，小麻雀卻永遠是動態的。當牠們停留在屋頂上時，也很少有靜止的一刻。牠們跳躍、覓食、閃動著小小的軀體，忙個不休。麻雀也許只是一種卑微的而且有害人類的小鳥；可是，牠們那圓圓胖胖的小身體以及圓圓的小眼睛，看來是多麼的有趣！當對門屋頂上出現了這一群可愛的訪客，看著牠們跳躍不停的身影，聽著牠們啁啾的叫聲，我覺得什麼煩憂都沒有了。

春日小品

春在何處

人人都說尋春要趁早，去遲了就難免要「惆悵怨芳時」。但是，我們這些七天之中只有一天屬於自己，必須為五斗米而忙碌的可憐人，卻不知春在何處。陽明山的櫻花和杜鵑花被人潮淹沒了，北投的溫泉充滿了賣笑女的脂粉，碧潭上的遊艇比家中宴客時玄關上的鞋子還要多，……罷！罷！罷！尋春是為了歡樂，何苦去擠得連鞋跟都折斷了？

偶然，在一次驅車到郊外的路上，我無意中找到了春天。在公路旁邊的一大片草原上，長滿了粉紅色的小花，襯托著嫩綠的葉子，輕輕搖曳在春風中，漫山遍野的，一望無垠，像滿天粉紅色的小星星，通通灑落在一張巨大無匹的綠色地毯上。一種原始的、簡樸的美感忽然抓住了我的心，這不就是春嗎？春天就在你的眼前，就在你的心中，為甚麼一定要跟著人群往觀光勝地去擠呢？啊！假使我能夠躺在這張綴滿了粉紅小花的綠毯上啜飲著濃濃的春陽釀成的美酒，該是何等的享受！可惜，車行如矢，這一幅春陽下的美景，只在我這個尋春人的眼中留下了驚鴻的一瞥。

春晨的奇景

清晨，推開陽台的門。天剛剛亮，人們還在沉沉睡著，車塵和煤煙還沒有開始一天的攻勢，都市的空氣還是蠻清新的。我貪婪的吸著這難得的清氣。它涼涼的，因為屋裡已有點悶熱；它也暖暖的，因為現在已經是春天，清早的風已不再凜冽。對門教堂庭園中的樹梢上開始響起了小麻雀的吱喳。多可愛的叫聲！多可愛的小鳥！這春晨的使者！

偶一抬頭，東方的天際怎會嵌著一頂紅色的皇冠？是紅寶石做成的，還是瑪瑙？是我一時眼花造成的幻象，還是出現在城市中的海市蜃樓？當然，不到一秒鐘之後我就明白了，那是初升的旭日呀！紅日被雲層遮住，只露出了一部分，進入了我這個好幻想的人眼裡，就變成了紅寶石的皇冠了。

注視著那頂也許只有我一個人才察覺到皇冠，我深深為自己的早起感到欣悅。有清氣，有微風，有鳥語，早晨的王國簡直就是天堂。

紫色的暮靄

有人用紫色來形容黃昏的情調。不錯，在晴朗而有霧的春日的黃昏，那籠罩在田野上的薄薄的暮靄，的確是淺紫色的，就像一道紫羅蘭色的輕紗。掛在屋頂，掛在樹梢。

在落霞的掩映下，那道紫色的暮靄，似乎自地面升起，又似來自遠方。它冉冉地、嬝嬝地，浮游在樹林、人家與水面上，給予這原就有幾分神祕性的黃昏景色以一種朦朧的美。

當天畔的紅霞漸漸黯淡，暮靄的紫色變得更深更濃的時候，人家的窗口就開始亮出了鵝黃色的燈火，朵朵黃花閃爍在紫色的煙霧中。假如我是個畫家，我就會用紫色和黃色來勾畫出春日黃昏的美景，而且還要用水彩，因為油畫太濃烈了，唯有用淡淡的水彩，才可以表現暮靄的迷濛。

生之喜悅

你可曾看見過嫩芽從泥土中鑽出、新雛剛剛破殼、嬰兒呱呱墜地？假如你曾經看見過這神奇的一剎那，你將會驚嘆造物者的偉大，同時也會深深感到生命的喜悅。

我在兩三個月以前，無意地丟了幾顆乾枯了的絲瓜籽在小花盆中，過後，就把這件事給忘了。想不到，不久以後，一陣春雨，小花盆中竟抽出三株細細的嫩芽，伸展著兩片淺綠色的小葉，怯生生地挺立在小花盆中那棵小龍眼的旁邊。它生長的速度簡直是驚人，幾乎每天長半吋，葉子也漸漸由卵狀變成了掌狀，有點像葡萄葉似的，非常好看。慢慢地，它長出柔嫩的卷鬚來，並且把龍眼的細枝纏住。我看見自己手種的植物長得這般茁壯，那份開心，真是難以形容。我天天慇懃的澆水，加意呵護，又為它們造了一個鐵絲架子，讓它們攀附著，伸展它們柔靜的嫩枝。現在，這幾株細細的瓜籐已長到一尺多長，翠綠的葉子成串成串地，由小而大，密密的綴在架上，而且還長出了幾粒像綠豆一樣大的花苞。想到不久以後我這個小小的瓜棚也許會開花結實，心頭就有著一份難以形容的喜悅。

我們家養了兩對十姐妹，其中一對患了不育症，另外一對卻生了五個只有孩子的小指頭大的小蛋。自從下了蛋以後，原來活活潑潑的母鳥變得呆滯了，牠整天伏在蛋上，除了進食，絕不離巢半步。我們眼巴巴地等候著，每天起床後的第一件事便是去看鳥巢、探喜訊。差不多等了一個月，我發現鳥籠中有兩個破了的蛋殼，鳥巢中有兩粒小小的肉團，啊！是雛鳥降生了，造物者何其神妙，只不過一點一滴的蛋白蛋黃，為什麼也會變成血肉之軀？我蹲在鳥籠前面，細細地研究那我從未看過的初生之鳥：牠們光溜溜地，全身沒有一根毛，只有一個大頭和兩個黑黑的眼眶，連眼睛都沒有睜開，就張大著黃色的嘴巴等候母鳥的餵食了。想到我們家裡添了兩條小生命，想到這兩個醜陋的小東西不久就會長出美麗的羽毛，變成纖巧伶俐、會叫會唱的鳥兒，心中又有無限的安慰與欣忭。

當我的大孩子出生時，護士把他放在我的身邊。我目不轉睛地注視著那個臉孔紅撲撲的、鼻尖有著小白點的、包在襁褓中的小嬰兒，一方面為自己居然做了母親而感到喜悅與迷惘，一方面又怕這脆弱的小生命會突然死去，因為我聽人說過嬰兒是很不容易養活的。當時的我是如此驚慌，驚慌得不敢把視線離開嬰兒一秒鐘，怕他隨時會斷氣，因此，到如今雖然已快二十年了，孩子剛出生時安詳的睡容、鼻頭的小白點，還有那個襁褓的花色，依舊歷歷在目，恍如昨日。想到那從我的軀體中孕育出來的，我一手扶養長大的孩子已經是一個讀了兩年大學的青年，這份喜悅，恐怕只有為人父母的才懂得領略了。

也許人人都有著創造的慾望吧？要不，為什麼自己手植的花木、自己豢養的小動物，以及自己親生的兒女，似乎都特別可愛呢？是的，因為是你賦給他們以生命，而且在他們誕生的一剎那，你看到了生命的神奇與喜悅。

胸中丘壑

你，請不要笑我，笑我少見多怪，笑我沒有見過世面。我要告訴你，每次坐公路車上陽明山，車子過了圓山，經過中山橋以後，我就開始被路旁的景物吸引得目眩神搖。

我喜歡從車窗中居高臨下的遠眺兒童樂園和再春游泳池中的彩色繽紛。在圓山的綠與基隆河的波光掩映中，那些紅紅綠綠的甚麼太空椅、旋轉馬之類，看來是那麼鮮艷悅目，一點也不庸俗。而游泳池中澄碧的池水，陪襯著彩色的泳衣和彩色的陽傘，又多麼像是一幅美麗的圖案畫。每當陣陣愉快的嬉笑聲傳過來，我的靈魂就顫慄著，因為我看到了青春的真正歡樂。

再過去一點的基隆河，又是另外一種情調。這裡的岸邊住著養鴨人家，蕭疏的竹林裡，露出半間低的矮磚屋。成群的鴨子在河面游來游去，偶然也有一兩艘捕魚的小舟划過。雖離鬧市不過咫尺之遙，而野趣盎然。

車子穿過士林的市街，駛出郊外，我又開始貪婪地用雙眸攝取車窗外面變化無窮的美景。我欣賞路旁小巧玲瓏的洋房，我喜愛橋下那道潺潺而流的清溪。樹枝上新抽出的一叢嫩葉，石壁縫中綻放的幾朵野花，都可以使我心動，使我狂喜。

開始上山了，清風陣陣撲進車廂，到處都是綠色，彷彿進入了一個清涼世界。這時，但覺塵囂漸遠，天國漸近，又何止有出塵之想而已？

那天，新雨之後，我和你上山去拜訪叔叔。在他老人家那幢古樸的西班牙式住宅裡，我站在陽台上，俯視山下積木似的房舍和溢滿了盈盈春水的田疇。（啊！好個翡翠谷！）孔雀藍色的群山羅列面前，似乎伸手可掬。我滿懷欣悅，不能自已，回頭對你說：「你覺得嗎？今天這裡的景色似乎特別美。」你微微一笑，不置可否。我真赧心，你是否笑我故作雅人，或者認為我大驚小怪，一些平凡無奇的風景也值得一看再看。

彷彿記得黃庭堅有一句詩：「胸中原自有丘壑」，我要借用這句話，作為一個愛好大自然的人隨時隨地都可以發現美景的印證。可不是，沈復在帳中噴煙，視蚊子為騰雲駕霧的仙鶴；有人在高不盈尺的盆景中看到雄奇的山水。凡是長有心眼的人，都是具有「目寓之而成色，耳得之而成聲」的本能的。現在我告訴了你，你不會笑我老是為一些平凡的景色而眷戀而痴迷吧！老實說，我倒希望你也能夠喜歡我所看到的美景。

污泥中的白蓮

啊！你這幢被綠蔭覆蓋著的綠色小屋，面臨著車陣如龍的大道，你碎石砌成的矮牆，你淡綠色的木門，已積滿了一層又一層的落塵，變得黯淡，變得灰暗。

可是，園裡樹梢的綠葉依然光彩，枝頭錠放的簇簇紅花更是艷光四射，都市的落塵對它們似乎無損。

我羨慕你，綠色小屋的主人，你是鬧市中的隱士；你園中的綠樹與紅花，更是污泥中的白蓮。你們，為這塵俗的市區不知平添了多少詩情畫意，也怡悅了多少個過路人的心胸和眼睛。

秋夜聽戲

讀者們看了我這個題目，心裡一定暗笑：這個人怎麼搞的？這明明是舊詩的題目嘛！就像李白的「洛城春夜聞笛」之類，它怎會安到現代的散文上來的？我的朋友們看到了我這個題目，心裡也一定在暗笑：算了！妳這個老廣也會聽戲，別吹牛啦！

本來，我也覺得這個題目好像有點不對勁，曾經考慮過要用「聽戲，在秋夜裡」；可是，我又嫌它太洋化太現代，跟內容不調和，結果，還是採用了這個有著舊詩風格的。

那是個靜靜的夜晚。大概因為是初涼天氣的關係吧！巷子裡沒有慣常的孩子喧鬧聲，還不到十一點，家家戶戶就都早早入睡。我這個一向早睡早起的人也上了床。

就在我快要睡著的時候，忽然，不知誰家的收音機飄來了一陣悠揚的戲曲。憑良心說，我這個老廣真的不懂戲，也不怎麼愛聽戲。不過，像現在聽到的這種青衣的唱法，抒情的、緩慢的，配著那帶點淒涼意味的胡琴，倒是很悅耳的。我不知道這種唱法是不是叫流水板，卻覺得它很像西洋歌劇中的詠嘆調。青衣的音色也接近於次女高音或女中音，較為圓潤含蓄，而花旦和女高音刺耳的尖聲都是我所不欣賞的。

就這樣，我在靜靜的秋夜裡，聽到行雲流水（到底是不是流水板呢）般的戲曲。我根本一個字也聽不出來，不知是哪一齣戲，也不知道是誰唱的。只是直覺的感到好聽，覺得情調很美，也覺得是一種很中國化的享受。聽著、聽著，睡意在朦朧中逐漸升起，我已幾乎入睡了。驀地，一聲「兒的父，去投軍，……」立刻使我睡意全消。啊！「兒的父，去投軍……」這兩句我也會唱的，我學過的呀！我雖然不記得這齣戲的戲名，也再也記不起第三句；不過，我卻知道這齣戲說的是薛仁貴的故事。我還會唱另外兩句：「蘇三離了洪洞縣，將身來到大街前，……」這首好像是叫「蘇三起解」吧？真想不到，我這個從來不曾接觸過平劇的老廣，居然也有機緣學過幾句。其實，我那樣的唱法根本不是在唱戲，而像在唱歌，一點戲味也沒有，內行人聽見了一定笑痛肚皮。但是，那有什麼關係呢？好玩嘛！是中國人，就得會兩句，是不是？

真巧！那時也正像現在這種季節，是初涼的南方仲秋天氣。還是個孩子，初出茅蘆的我，跟著服務機關從桂林疏散到平樂去。那個時候過的簡直是神仙生活。我所服務的是個有錢機關，供給我們住當地最「豪華」的旅館，而又無公可辦。我和K和W三個年輕女孩子，跟著幾個年長的同事，天天到灕江去划船，享受山水之美；天天到館子裡吃飯，享受平樂著名的又便宜又肥美的甲魚。在旅館裡，我們用以殺時間的消遣都是風雅的玩藝兒：下棋、猜謎、聯句……。有一天，不知誰想出來的，使得一位老先生雅興大發，就操起琴來教我們三個學唱戲啦！別瞧我們都像在唱歌，老先生還直誇我們字正腔圓哩！可惜，我們在平樂逗留的時間並沒有多久，一共就只學會了這兩首；到如今，就更是只剩下這幾句了。

說起來真是有點兒酸腐，也不知道是受了哪一個人哪一本書的影響，我從小就嚮往於琴棋書畫的中國舊式文人生活，至今未改初衷。在我的少年時代，在大陸上的確也過了幾年埋首書堆、不問世事的幸福歲月，在平樂那一段日子正是一個代表。然而啊，自從婚後，琴棋書畫就被柴米鹽油取代了，我的日子變成了一部印刷機，印出來的每一頁都完全是相同的。

想起少年時代的「風雅」生涯，想起家鄉的一切，想到兒子們對大陸情形的隔膜，我常常忍不住要向他們講講自己過去的「光榮」，順便也灌他們一些有關家鄉的知識。於是，他們就常常笑我「一稿兩投」或者「是個大蓋仙」。其實，我太不會「蓋」了，相反地卻是個理想的被「蓋」的對象，木訥的我，一直都是別人最忠實的聽眾。前幾年，由於職務上的關係，我們所住的小樓一度也曾時常有訪客。訪客之中，不乏「蓋仙」之流，於是，我就經常得放下手中的鋼筆或勺子，去洗耳恭聽「蓋仙」們的偉論，有時甚至會被「蓋」一兩個小時之久。當時，我曾經因此而感到困擾與痛苦；而現在呢，絢爛歸於平淡，門前冷落車馬稀，又不免有點寂寞之感。

戲曲仍然在靜靜的秋夜中播放著，但是已不知唱到哪裡去，正如我思想的野馬已不知奔馳到什麼地方去一樣。現在唱的是什麼，我不但「吾宰羊」，而且也已到了聽而不聞的地步。

自從開始了我的「印刷機生涯」以後，我真的完全無所得嗎？那也不盡然。譬如說，到了臺灣之後，為了適應環境，為了要吩咐下女小姐工作，我強迫自己學閩南語。很快的，我就從「吾宰羊」而「識聽唔識講」，而應對如流；好幾次，遇到一些耳朵不大靈光的本省同胞，還直認是老鄉哩！我這個人有個好處，就是從不偷懶，學會了一種新的方言，又想學別的東西。於是，我從兒子進小學開始就跟著他學注音符號，現在他進入大學了，我又跟著他一起學習第三國語文。說是這樣說，不過我的學習態度並不認真，學了馬上又忘了。我自己也知道，我這樣絕對不會學出什麼名堂來的。我這樣做是為了什麼呢？無非只是為了滿足自己強烈的求知慾吧！

能夠不斷地求知的確是件好事。前幾年，我和一些新聞界的女同業一起跟幾位美國太太補習英語。那段日子真是快樂！重做「學生」，大家都變得年輕了，何況，美國太太們老是喊我們girls！我一直懷念著那些日子；可惜，這個小小的「團體」早已解散。人呢？也已各散西東。

思想的野馬跑得太遠太遠，我的眼皮也沉重得撐不開。平劇的聲音不知何時隱去了，代替了悠揚的胡琴聲的是一種近乎吼叫的熱門音樂，這種世紀末的歌聲在午夜中聽來吵鬧得驚人，把我剛剛聚攏而來的睡意驅逐得無影無蹤。

就是這種世紀末的所謂音樂驅走了我們中國人傳統的悠閒生活方式的。啊！「采菊東籬下，悠然見南山」的田園詩人生活何時可以復得？上一代品茗、聽戲、養鳥、蹓狗的悠遊歲月又何其令人神往！這二十年來，在我們的生活中加添進來的新事物又是些什麼？是核子試爆、火箭、飛彈、人造衛星、太保、惡性補習、貓王、披頭、阿哥哥舞、迷你裙……世界天天在變，時時刻刻在變，一分一秒的在變，變得令人眼花撩亂。我不是個頑固的人，在思想上頗能跟上時代（有些人到現在還不習慣改用攝氏表來計算氣溫，有些人對暹羅改稱泰國、安南改稱越南還不改口），現在，我已相當的喜愛抽象畫而不能忍受那些呆板的古典派的繪畫法；可是，為什麼還念念不忘於中國的舊式文人生活呢？其實，我又怎能說自己曾經享受過這種生活？我只是在童年裡過了一段承平歲月，才進初中，便開始遭遇到戰火的洗禮，可以說得上大半生都是在動亂中渡過的。那麼，到底是為了什麼呢？是因為童年時代就已萌芽的思想已根深蒂固地生長在我的心裡嗎？

今天晚上到底是怎麼搞的？為什麼會這樣喋喋不休？難道我也變成「蓋仙」了？不是的，是那有似故友重逢的兩句戲曲給予我的感觸太深了。現在，夜已深沉，熱門音樂的噪音也已隱去，而我，忽然又想起了那位我最心儀的清代詩人黃仲則的兩句詩：「劇憐對酒聽歌夜，絕似中年以後情。」啊！我沒有喝酒，情懷卻為何如此落寞？如此蒼老？如此懷愴？

秋夜，有點涼颼颼的，蓋在身上的薄尼龍被（這不也是新事物之一嗎？）似乎已不夠暖和了。

紀念品

我沒有一個專門貯存紀念品的箱子，卻有不少帶有紀念性的物品，分散在幾個衣箱裡。前幾天，在開箱子整理冬衣時，我又一一的發現了它們。把玩之餘，彷彿和多年老友晤面，勾起了無數回憶。

一片翡翠色光潤滑膩的玉環，是我外曾祖母的遺物，又由母親傳給了我。母親在幼時就失去母愛，她是外曾祖母一手帶大的；而外曾祖母在眾多的孫兒中，也單獨鍾愛母親一人。她愛屋及烏，當我們童年到外曾祖母家中去玩時，似乎也特別受歡迎。現在，外曾祖母已逝世多年，客居香港的母親也垂垂老了；對著這一片古色古香的玉環，不禁懷念起兩代的母愛（有一代是失去了），而驚嘆於歲月的飛逝。

一疊還很完整的玉版十三行箋紙和一方刻著我所題兩句格言的硯臺，是十二年前我和仲在重慶到北溫泉去玩時所留下的紀念品。從這兩樣北泉產品中，我又拾回了少女時代的歡笑，重溫一下青春時多彩的美夢。

那本藍色的紀念冊還是梅送給我的高中畢業禮品，在裡面題字的，也全是我中學時代的師長和同學。師長們寫的都是勉勵的話，同學們所寫的卻是──噢！她們怎麼一致認為我是班上的「大文豪」，而且說我將來會在文壇上出人頭地？當時看了可能很興奮，可是，到了十幾年後的今天看來，卻不禁汗顏無地。不錯，我的確走上了她們想像中的路子──從事寫作，然而，筆耕數年以來，又有什麼收穫呢？想到送我這本冊子的梅到異國去深造，同學之中，有的成了醫生，有的在樂壇中享有盛名，也有面團團作富家婦的。「同學少年皆不賤，五陵裘馬自輕肥」，「冠蓋滿京華，斯人獨憔悴。」一言念及此，能不惆悵？

那本已經很陳舊的照相本是我個人歷史的陳跡，是我從孩提時代到婚前的紀錄。這裡面有故都北海公園的風光，有天津的街市，那是我小時隨父北遊的留影；現在看來，我很難相信照片中那個圓臉孔的頑皮小姑娘，竟然是自己了。小學、中學、大學而入社會，從一個精神奕奕的女童軍而變成一個瘦削的少女。這麼多的變化，全虧這些照片給我留下來。此外，本子裡還有很多女同學們的玉照，當然，男朋友的照片也有幾張。不過，滄海桑田，人事遭變，這些人早已各散東西，無處尋問了。

在那疊被蠹蟲蛀蝕得創痕斑斑的日記本裡，我保留了幾封書信。有幾封是好友的來鴻，有一封卻是我第一次投稿時那位編輯先生的來信，這已是多年前的事，謝謝他的鼓勵，使我至今仍然堅守住自己的崗位。

那把精巧的泥質小茶壺，那個厚厚的古瓷碗，那幾隻小巧的茶杯，是我公公的遺物。閩南人講究喝茶，我以前卻從未看見過這小得只夠人喝一口的茶壺，和比酒杯還要小的茶杯。後來我雖然做了閩南人的媳婦，可惜的是，這位曾經在文化界中很有地位的公公卻天不假年，我未入門，他已仙逝。緣慳一面，景仰無從，對著他的遺物，徒生悲悼罷了。

這兩份紙質粗劣的報紙是無價之寶，是卅四年八月十二日在重慶發行的。它們首先透露了抗戰勝利的消息，它們帶給人們以狂歡和安慰，此情此景，猶在目前。回憶初聞勝利消息，喜極而泣的往事，我忍不住握著報紙又流下淚來。

我的紀念品原來不只這一點點，但由於經過兩次戰亂，行李丟失了不少，在劫餘而猶能倖存的，僅此而已。這些東西，在別人看來，可能不值分文，然而，對我而言，卻是連城之璧。這裡面，有先人的遺澤，有師友的情誼，有我童年的陳跡，還有我青春的印證；對著這些紀念品，睹物思人，念及流光不再來，能不悲嘆？

「如果沒有那些溫暖的回憶，人們怎樣能夠抵禦冬天的寒冷呢？」這是一部電影中兩句精采的對白。固然，往事不一定歡愉，現實也不一定愁苦；但是，回憶總是溫馨的，因為它們不會再來了。

陽台之憶

黃昏真是一天中最可愛的時光。尤其是夏日，飯後浴罷，搬一把藤椅到窗前，閒眺著天邊絢麗多彩、瞬息萬變的雲霞，讓薰風滌盡一天的塵慮，淡泊如我，就認為這是人生無上的享受了。可惜的是，現在所居的是一角小樓，既無院落，又無陽台，除了在窗前靜坐以外，就無法享受到夏日黃昏其他的情趣；因此，我不禁又悠悠地想起了童年的一段樂事。

我大部分的童年都在故鄉一幢洋房的三層樓上度過，這幢洋房沒有院子，所以我們孩子們就選擇了屋頂那片廣闊的陽台作為遊戲的場所。這幢洋房是數幢連在一起的，每一幢的陽台僅以一道高不及腰的短牆來分開來，一眼望去，這幾片陽台就像廣場一般的寬大無比。每到夏日的黃昏，每一家的小孩子們就群集陽台上玩耍，笑語喧騰，宛若開同樂晚會。

陽台上是不能跑跳的，所以孩子們都是從事一些比較文靜的遊戲。我記得：在那個時候男孩子多數是放風箏。女孩子們花樣較多，講故事、唱歌、下棋、猜謎的都有，但我卻喜歡吹肥皂泡。當年，我很欣賞放風箏這玩意，看著那些紅紅綠綠的風箏在落霞返照中，隨風飄搖，真是羡慕不已！可是自己既不會放，家裡又沒有大的男孩子，只好央求爸爸放給我們看。但爸爸哪裡天天有空呢？不知怎的，我就想出了吹肥皂泡來代替放風箏。在金黃色的夕陽下，肥皂泡的確是特別美麗，我和妹妹們憑著欄干，向空中吹出一個又一個，一串又一串的肥皂泡。眼看那些五彩繽紛，晶瑩透明的小圓球一個個的飄向鄰街，又一個個的在空中消逝，真有著無限樂趣，慢慢地我也就不再豔羡放風箏。

當我升上了初中，年齡稍微大一點以後，對這些兒戲就不再感到興趣了。首先，我找了幾隻花盆，要來了一些花種，就開始了種花的工作；在我的慘澹經營與辛勤灌溉下，一盆蝴蝶花和一盆茉莉就開出美麗的花朵來。

之後，我又開始喜愛舊詩詞。在夏日黃昏的陽台上，別的孩子們都在嘻笑喧嘩，只有我靜靜地坐在短牆上，藉著落日餘暉，低頭朗誦唐詩。炎夏逝去以後，黃昏的陽台也漸漸寂寞起來，早熟的我就偏愛著這份寂寞。至今我猶清楚記得：那年初秋的晚上，為了要欣賞那道淡淡的銀河，我獨個兒竟在陽台上盤桓了半晚；還改了一句唐詩「陽台夜色涼如水，坐看牽牛織女星。」來為自己吟詠。

從那個時候起，我就已深深地喜愛著陽台的一切。當我正準備著中秋月圓之夜，要好好地在陽台上飽覽月色時，不幸，砲火把我們驅離了家鄉，從此，二十年來，我不曾再享受過一次陽台上的情趣。

現在，我只能坐在窗前渡過我夏日的黃昏；然而，那曾使我渡過快樂童年的故鄉的陽台，陽台上我自己親手種出來的花朵，還有那滿天翱翔的風箏，五彩繽紛的肥皂泡，以及秋夜裡綴滿星辰的銀河，還都依依在目，而且將永遠不忘！

外祖父和他的老屋

我是個敬老的人，然而，我又偏偏那麼不幸，一生之中，除了曾在外祖父膝下承歡過一段日子外，就簡直不曾和其他的老人相處過。祖父母和外祖母都在我未出娘胎就已棄世，婚後翁姑又沒有和我們在一起，從娘家到夫家，我過的都是小家庭生活，看見別人家裡有著慈藹可親的白髮長者，心中總覺羨慕不已。

外祖父只是一位極其平凡的老人，但也許因為他是我一生中唯一親近過的老人家的關係，如今他雖已仙逝多年，卻仍在我腦海下留下很深的印象。他瘦小的身軀，慈祥的容貌，微跛的步態，以及經常穿著的一襲灰布大褂，我閉目仍可想見。

抗戰發生的前幾年，我們一家卜居在廣州的西關，與外祖父的住宅，近在毗鄰，因此得以時相過從。在這以前，父親都是帶著我們東西南北的到處飄泊，難得在家鄉住上一年半載，這一回，才算一直安居了四年。

外祖父無子，外祖母又早逝，侍奉他晚年起居的是他的庶室——我們稱她為細婆。他患有哮喘病，一腳又不良於行，身體不怎麼健康，一向並沒有工作，但生活卻還似乎過得很不錯。當時我少不更事，也沒有想到外祖父何以為生，如今想起，他也許是靠著家鄉的一點點田產出租過活吧！上兩三代不是多數如此嗎？

外祖父的家是一幢標準的廣東老式房屋，青灰色的磚牆砌得又堅又厚，沒有窗戶，只靠天窗透入光線。大門有三重：門櫳、腳門之後才是大門，大門閉上後，門閂一插，這屋子就固若金湯。大門內第一進是轎廳，但那時代已沒有轎子，只是聊以備格罷了！再進去就是天井，外祖父性愛花草和小動物，這天井就是他的花園和動物園。天井並不大，但是外祖父卻能地盡其利，嫣紅姹紫的盆花一層一層地靠牆而立，天井中間擺著金魚缸，簷前掛著鳥籠，小貓小狗在魚缸旁邊打滾，角落裡還躲著一隻小烏龜。我們孩子們一到這裡可就樂了，不是逗貓狗玩，就是引鳥叫、餵金魚，調皮的弟弟們還敲著小烏龜的背想要牠伸出頭來哩！外祖父對我們的頑皮舉動從不干涉，他只是坐在一旁微笑地看著我們，有時甚至也來參加一份，實行祖孫同樂。

天井後是正廳，和所有的舊式家庭一樣，四平八穩地擺著一套紫檀木八仙桌，四壁也是掛著琳瑯字畫。這些我並不感到興趣，使我好奇而愛好的是中間靠壁的一張神檯。神檯上面供著一尊關羽和一尊觀世音的瓷製神像，關羽像是在夜讀春秋，紅臉綠袍，神態威武，栩栩如生；觀世音像卻是全副白色的，美麗端莊，使人有聖潔之感。粵人非常虔信關羽，尊稱他為關帝或關聖，外祖父無疑也是信徒之一；至於那尊觀音像，恐怕只是供細婆膜拜的罷！父親是信基督教的，母親在我們家也不拜神，在我小小的心靈中，虔覺拜神是一種迷信行為。但是，不知怎的，一到了外祖父家裡，看見神檯上鮮花耀眼、香煙繚繞，立刻就覺得此地境界莊嚴，崇敬之心油然而生，反而忘卻這是愚昧的迷信了。

外祖父的床也是使我們發生興趣的事物之一。床又高又大，還有著四根床柱，方方的帳子一掛，真像個小戲臺。於是，我們這些小淘氣，每次跟著母親歸寧，總要爬上外祖父的床上去搗蛋一番，說是演戲給外公看，其實還不是亂滾亂叫一頓？此外，床上擺著的一個高腳架子也很吸引我們，我們自已家裡睡的都是西式床，哪裡有這種好玩東西？架子上一列好幾個小抽屜，裡面分別放著煙絲、煙筒、藥品之類，大概是準備晚上隨時取用方便吧！

外祖父這間老屋還有一個閣樓，不過那樓很小，只有一間房子，是給細婆住的。閣樓的前面是神樓，用以供奉歷代祖宗，那是絕對不准我們小孩子進去的。

回想起那些日子是何等的歡愉呀！平日去外祖父家固然已是十分好玩，如果是過年或是過節，那就更熱鬧了！姨母們也帶著表兄弟姐妹們來了，屋子裡坐得滿滿的，大家在談笑著，吃著細婆手製的各種家鄉點心；外祖父坐在當中，懷抱著最小的外孫兒，更是笑得嘴都合不攏了。

如今，這一切都成陳跡了。抗戰開始，我們舉家離開了家鄉，八年之後，我長大成人回去，外祖父卻在勝利的前一年病逝，而那間老屋也賣給了別人。我還記得那年清明節我跟隨母親去上外祖父的墳。在山崗上，亂墳堆中，長滿了野草，我們找了好久都找不到；最後我們只好把紙錢在一棵樹下焚化了，向空默禱他老人家在天之靈平安。可憐外祖父半生寂寞（因為外祖母早逝），想不到死後也這樣淒涼！

做孫兒向老人承歡的日子轉眼又過了一大截，現在自己的孩子也已像我當年那樣大了。說起來孩子們就比我更可憐，他們雖有祖母和外祖父母在堂，但卻是天各一方，從來不曾會過面，更談不到享受老人家慈藹的撫愛了。

童年瑣憶

從前，我很以自己良好的記憶力而自負，自以為有著「過目不忘」、「一目十行」的本領。然而，曾幾何時，如今我卻健忘得彷彿失去了記憶力；自己說過的話轉眼忘得一乾二淨；見過兩三次的人對面竟不相識；許多許多的往事更是不復記憶。為此，我把自己稱作「失去記憶力的人」。

我是不是有一天會真的失去記憶力呢？不得而知。現在，趁我對往事還有著一些模糊的印象時，我要抓住這些破碎的影子，用我的筆把它們穿起來，成為記憶的珠串。否則的話，我真害怕這顆顆渾圓美麗的珠子，將會隨歲月而消失。在漫長的生之旅途中，假如沒有回憶的甘果可供咀嚼，那將是多麼寂寞的一回事。

騾子咬手指

很小的時候我曾在天津住了三年。那時，我還未到上幼稚園的年紀，爸媽也還只有我和二妹兩個孩子。

我們那時似乎過得很寂寞，因為我記得我和二妹兩個人幾乎整天都是無聊地伏在窗臺上看街景。當時，二妹矮矮胖胖的身體比窗臺高不了多少，她伏在那裡的有趣模樣，曾經觸發了我的「靈感」。我那張畫她伏著的背影速寫，父親大為欣賞，還特地留了起來；可惜後來因為家庭多次遷徙，早已失去了。

冬天來了，白雪滿天飛，玻璃窗上貼著許多許多美麗的六角形的雪花。我和二妹在窗臺上指指點點的看著，覺得很有趣。可是，南方的孩子耐不住雪天的寒冷，我們的小小手指凍僵了。二妹哭喪著臉，指著窗外馬路上拉車經過的騾子說：「好痛呵！騾子咬手指！」

下雪天雖然冷，但是也很好玩。我記得父親常常帶我們踏雪去買烤山芋，雙手捧著香噴噴熱騰騰的山芋回家，真有說不出來的滋味！

有一次，母親帶我們姐妹上街，人力車夫不小心，把我們連人帶車翻了下來。幸虧我們身上穿著厚厚的衣服，地上也舖著厚厚的雪，摔得一點也不痛。事後，我們不但沒有埋怨車夫，反而哈哈大笑起來。

騎馬女郎

父親接到了L大的聘書，我們舉家南返。回到了故鄉，父親在L大執教，我也在L大的附屬幼稚園上學。

L大校園很大，有農場、牧場和繅絲工廠。女生宿舍有皇宮之稱，教授們的住宅都是精緻的小洋房。

我們的院子裡有木瓜和白玉蘭樹。木瓜結實纍纍，食之不竭；白玉蘭開花時，幽香滿園。屋後是一片稻田；走過稻田，才有另外的人家。

每天早上，從後面的窗口都可以看到一位風華絕代的女郎，穿著白襯衫和馬褲，騎在一匹褐色的馬上，從稻田旁邊的大路上飛馳而過。她的頭髮飄揚著，白綢襯衫飄揚著；馬蹄過處，揚起了一陣塵土。當她經過我們窗外時，如果父親也站在窗口，她就會向父親揮一揮玉手，高聲用英語說一聲：「早安」！

父親說這位騎馬女郎是他的學生，是一位名醫之女，她的騎術雖然很高明，但功課卻常常不及格。

我每次都望著女郎和馬匹的影子發呆，我希望自己快點長大，也可以學她那樣騎著馬到處馳騁。

儘管我到現在還沒有騎過一次馬，但在那時不久之後卻得到了一部三輪腳踏車。我很喜愛這部小小的腳踏車，我把它當作我的馬。我騎著它穿過校園中光滑的馬路去上學，去找小朋友玩，當我快速的踏動車輪，在路上「飛駛」著時，自覺也是一個騎馬女郎。

舉人叔公

我們家族人口很單薄，也不是什麼書香人家。祖父是個雜貨商，伯父也是做小生意的，姑母嫁給鄉下人，叔叔不務正業；唯有父親卻有留學外國的機會。關於這件「畸形發展」的事，我聽比我長十多歲的堂姐說，是祖父偏心，他老人家只喜歡父親一人，所以傾全力供他去留學。

我從小學四年級開始，作文總是得到老師們的讚賞。父親當然很高興，也開始買了大批的課外讀物供我閱覽，有空的時候，還教我讀唐詩和對對子，因為這些是學校課本中所沒有的，而父親對詩詞十分有興趣。

有一天，我放學回家時，看見父親陪著一位老先生坐在客廳中。父親叫我走過去鞠躬，要我叫那位老先生為六叔公。然後，父親又叫我把作文簿拿出來，還對我說：「妳六叔公以前是一位舉人，很有學問，讓他看看妳的作文到底行不行。」

我聽了，嚇得連忙躲到後面去，直到六叔公走了才敢出來。父親面露笑容，很滿意地對我說：「妳六叔公很誇獎妳，他尤其是欣賞那兩篇用文言寫的，他說妳是個才女哩！」

我不好意思的對父親笑了笑，心裡很後悔沒有在門後偷聽他們的話，以致這句話的真實性直到如今還是一個謎。六叔公是住在另外一個地方的，他以後好像沒有再來過，後來什麼時候去世的，我也忘了，他的樣子如何更是全無印象。不過，無論如何，我總記得他是我們家族中唯一得過舉人榮銜的人，而他還讚賞過我的作文。

愛詩的舅父

母親沒有兄弟，只有兩個年齡比她小得多的堂弟，一個和我同年，一個也只不過大我幾歲，但我仍得稱他們為舅父。

我剛上初中不久，父親所給予我舊詩詞方面的薰陶就發生了作用——我也偷偷的做起歪詩來啦！

當然，我起初是不敢給別人知道的，寫了就藏起來。後來，不知怎的讓雙親知道了，他們給我鼓勵與讚揚，於是我就寫得更起勁；但是，我仍然沒有給父母以外的人知道。

一天，我把我那本「詩集」放在我的書桌上，忘了收藏起來。大舅父來了，不幸，我的「詩集」竟被他發現，他拿起來看了一下，急急就問：「是誰做的詩？」不用回答，他已找到答案，因為那上面有我的名字。

他驚叫一聲：「妳會做詩？」立刻，就一首接一首的朗誦起來，彷彿那是一本李太白全集似的。我羞得恨不得鑽到地洞裡去，可又無法從他手中搶回來。母親坐在一旁微笑著，用疑問的眼光望著她年輕的堂弟。我這位當年大概還不到二十歲的舅父，那時不知當的是店員還是學徒？總之，他的教育程度不會比我高多少，家裡也沒有誰教過他讀詩，他的這樣喜歡詩，簡直是不可思議的事。

他剛朗誦完最後一句，我就忙不迭的去搶了回來，並且說：「以後不許偷看我的詩！」母親輕輕罵了我一句，說我沒有禮貌。大舅父卻說：「不要罵她，她有詩人氣質，與眾不同，禮貌對她是多餘的。」

謝謝大舅父的賞識！可惜，他看錯了我，我根本不是個詩人，我實在是庸俗平凡已極，到如今只是個在廚房中忙得團團轉的主婦。

生命的鱗爪

兩小無猜

我穿著一件花綢的童裝，從石階上跳跳蹦蹦地走下去。石階下面有個大眼睛的小男孩仰頭望著我。

「你今天好漂亮呀！」他說。大眼睛在一眨一眨的。

我不好意思地笑了笑：「家裡來了客人，媽媽叫我穿的。你為什麼還不回家去呢？」

「我在等妳。」

「等我做什麼？」

「我要送妳一件東西。」說著，他從口袋裡掏出一個小玻璃瓶，瓶子裡裝著好多隻小金甲蟲，紅的、綠的、橙色的、金色的全都有，在那裡爬來爬去，像滿瓶的彩珠子。

「這些小東西好好玩啊！可是，你為什麼要送給我呢？」我接過瓶子，開心的在看著金甲蟲在活動，忘記了向他道謝。

「我喜歡妳嘛！」一個怯生生的聲音在回答我。

我抬起頭來，看見他的大眼睛又在一眨一眨的。

可惜，一小瓶金甲蟲並沒有把我們之間的友誼維繫多久，因為我家不久就搬到別的地方去。

多年了，我至今還記得這個第一個稱讚我漂亮的男孩。

未成熟的詩魂

十四五歲，在一般女孩子而言，正是開始做著青春美夢，開始懂得打扮和愛情的年紀；而我，卻仍然留著覆額的童髮，愣頭愣腦的不知天有多高，地有多厚。

我一天到晚沉迷在書本裡，嚮往著古代騷人墨客的生活。在家裡的曬台上，我親手種了一盆茉莉花和一盆蝴蝶花；每天黃昏，弟弟妹妹們在曬台上放風箏吹肥皂泡，我卻靜靜地坐在花旁讀唐詩宋詞，「送夕陽，迎素月」。

那個時候，星星是我最好的朋友，每當我仰望蒼穹，看到那些羅列在天幕上的星星顆顆如水晶球時，我彷彿能夠聽得見它們的耳語。宇宙的神祕喚起了我的詩魂，我開始偷偷地寫下了無數不成熟的句子。

物換星移，童年的美夢終被現實擊碎，我不成熟的詩魂也在不成熟中夭折了，因此，我始終無法成為一個詩人。

偷渡

爸爸媽媽帶著我們一家九口從淪陷區分乘兩條小艇偷渡到自由區去。河面不怎麼闊，可是，在數十碼外的河口就有著敵艦灰色的影子。船快飛快地划著槳，我們都屏息著呼吸，一顆心幾乎跳到了喉頭。這是我們一家人的生死關頭，如果被敵艦發覺，一砲打過來，我們就完了！

一隻小皮箱不小心被掉到水面，眼看它就要沉下去了，說時遲，那時快，爸爸以迅雷不及掩耳的速度，一手就把它撈了回來。大家鬆了一口氣，在緊張中，竟然暫時忘記了本身的危險。

這時，小艇已渡過了河面，划進一道兩岸綠樹濃蔭的淺溪中。岸上樹下站著幾個荷槍的游擊隊，大家驚魂甫定，不由得暗暗感謝上蒼，我們終於脫離了魔掌。

小艇沿著小溪前進，彷彿是漁父進入了桃花源。溪水上浮滿了躺在肥厚的綠葉上的紫色花朵，小艇就像在一張繡著紫綠色圖案的地毯上滑過似的。

呀！我們像從地獄走進天堂，陰陽界的分野是如何不同啊！

我永遠忘不了這張紫綠色的地毯，雖則我到現在還叫不出那些紫色花朵的名字來。

我又回到那棟陰涼的住宅中

那天，當我正在午睡的時候，也許是家人替我把窗簾拉上的吧？我閉著的眼皮突然感到一陣陰涼的舒適，就在那一剎那間，似真又似幻，我彷彿回到我童年的家中——廣州河南嶺大校園中一座陰涼的住宅裡。

我無意偷用莫里哀「蝴蝶夢」中的第一句：「昨夜我又做夢回到蒙特里。……」然而，我當時的感覺確實如此，三十多年了，平日我根本很少想到這間住宅，為什麼那天我忽然又「身」歷其境呢？是時光倒流？像「珍妮的畫像」中那個畫家一樣的回到過去中？還是我的靈魂偶然作一次出竅之遊？

我的童年生活是多姿多彩的，我去過很多地方，換過很多住所；然而最令我懷念的還是嶺大的那幢一樓一邸小洋房。那天，我在夢幻中，只是推開紗門，走進綠蔭搖曳的清涼的甬道中，還沒有登堂入室就醒了，多可惜啊！

那時，父親在嶺大教書，我就在附屬的幼稚園就讀。幼稚園離家不過幾分鐘的路，我就天天騎著三輪腳踏車去上學，同學們都很羨慕我的神氣。可不是嗎？到現在為止，我也還沒有聽見過有人用三輪腳踏車做上學的交通工具哩！

我們住的那幢房子，我還記得清清楚楚，進門是一條短短的甬道，甬道右側有一個電話間，一個客人洗手間，然後是樓梯。進去便是客廳，地上舖著厚厚的地毯，擺設的都是一些又笨又重的深褐色檜木家具，還有一個永遠不必生火的壁爐，完全是歐洲的老式佈置，典雅而古僕，正適合學人住宅的氣氛。我們孩子們在這個客廳可樂了，我們把巨大的椅子倒下來當作小屋，當女僕阿月捲起地毯擱在樓梯上要洗地板時，我們就騎在地毯上從樓上滑下來，把它當作滑梯。

客廳隔壁是起居室，這裡有一張用鐵鍊吊著的木吊椅，它也成了我們孩子的室內鞦韆。當我們坐在吊椅上盪來盪去時，從那扇落地大窗可以望到屋後的一大片稻田，風景雖然單調，空氣倒是極清新的。

連接起居室的是飯廳，當中擺著一張橢圓形（也許是長方，不大記得了）的餐桌，也是深褐色的檜木做成，桌面很厚，仍是給人以古老的感覺。從這間飯廳我又聯想到兩個人，他們是母親的表弟，那時還在讀大學，在我們家搭伙，卻不大理人。他們不跟我們一起吃，什麼菜也不要，每人每頓都是只吃兩個荷包蛋，據說這樣才夠營養。多可笑！怪不得他們兩個都那麼瘦弱蒼白，完全一副白面書生的樣子啦！

樓上是臥室。我們小孩子對臥室是不大感到興趣的，我唯一記得的一件事是，每天早晨，我們憑窗下望，總看見一個穿著白綢襯衫和馬褲的少女在大道上馳馬，她的頭髮和紗巾都在曉風中飄揚著，好不瀟灑！她是父親的學生，看見我們，就向我們揮揮手，用英語說一聲「早安」。天曉得！假使不是父親給我們翻譯，我們是連這兩個字都聽不懂的。

屋子的前面是個小花園。門前一棵含笑花，終日給我們以甜香；園角的幾樹木瓜，是我們饗客的佳品；廚房外面的幾株夜香花，女僕時常採擷下來用以炒菜，至今我仍然記得那盤菜餚特有的芬芳。

我小時相當野，在那樣廣闊的校園中，真是得其所哉。下了課，我就和小朋友到處玩，常使得母親沒有地方找。我們在樹林中捉迷藏，在草地上打滾；更常常在那些正在施工中的房屋附近的磚堆木堆中造我們自己的小屋子。

啊！我的記憶力不好，除了這些，其餘的事對我都已是模糊一片。在我眼前晃動著的，除了「嶺南名產」——嫣紅姹紫的豆花外，只不過是大鐘樓、懷士堂、繅絲廠……等一些零碎的夢影罷了！還有什麼呢？啊！還有那漆著紅灰兩色的碼頭，嘟嘟嘟一下子便可以開到長堤的小汽船，以及黃蕩蕩的珠江，如此而已。

不要再說下去了，我的鄉愁愈來愈濃重，濃得化不開啦！我不只懷念我的童年生活，懷念那幢精緻的洋房，更懷念那座南中國的高級學府。我相信，我們南方人之愛護嶺大，正如北平人愛護他們的「清華園」一樣啊！

何日才可以乘坐那艘嘟嘟嘟的小汽船，沿著黃蕩蕩的珠江，重去探訪紅灰校園？但願，有一天，那不是夢，也不是時光倒流或靈魂出竅；而是實實在在地，我又回到那棟陰涼的住宅中。

小老師生涯憶往

「周先生，不要走嘛！不要走嘛！我們捨不得妳，我們捨不得妳！」我從校長室裡走出來，跨下樓梯的時候，一大群學生在後面送我。

我回頭一看：那個圓臉的小女孩；有著一雙大眼睛的小冬瓜；梳著雙辮，斯文得像個大姑娘的美芙；頑皮的阿吉……那些平日跟我比較接近的學生；從一年級到六年級的，全都跟在我後面，向我揮動著小手。美芙和幾個年紀較大的女生都哭出來了，我清楚的看見了她們眼裡晶瑩的淚珠。

「孩子們，不要難過，我會再回來的！」我強忍著已經在眼眶中打滾的淚水，哽咽著回答，急步走下樓去，走出了大門。

我有再回去過嗎？沒有！從那個時候起，到現在為止，已經二十幾年了，我從來沒有回去過一次。我欺騙了那群天真的孩子啊！

那時的我，也還只是一個孩子，做夢也想不到，在一個偶然的機會中，竟做了孩子的老師，變成了猢猻王。

一九四一年的十二月八日，那個倒霉的日子，我終生也忘不了。那天早上，我和我的同學們，正在香港的加路連山球場上體育課。當我們正穿著白色的棉毛運動衫和白色的長運動褲在初冬的球場上活躍著的時候，突如其來的，老師去接完了電話回來，向我們宣佈：日軍偷襲珍珠港，太平洋戰事爆發了，校方已採取了緊急的停課措施，要我們趕快回家去。

那真是一個晴天霹靂！原來快樂而安定的生活一下子就解體了。緊接著的就是令人心膽都碎的空襲，轟炸機在頭上呼嘯而過，炸彈在四周發出震耳欲聾的巨響。整個香港變成了死市，父親失去了他的工作，我們小孩子失去了上學的機會，大家除了隨時擔心死亡的來臨外，還得為買不到糧食而擔心。這就是戰爭。而我，卻是第一次和它面對面地這麼接近。

日軍佔領香港以後，很多很多的居民開始逃難了，我們也是其中之一。

澳門是我們的第一站。

在那裡，我們過著有生以來最艱苦的歲月。失了業的父親患了嚴重的腳氣病，躺在床上。一家九口，靠著平日的一點積蓄維持生活。想到坐吃山空，來日方長，雙親都愁得頭髮白了。

身為長女的我，那時雖然還是在不識愁的年紀；不過，由於處在那非常時期，也曾經擔任過不少「艱巨」而「奇突」的任務。譬如說，在離開香港之前，我們曾經像大多數要離去的人一樣，在街上擺過地攤，賣掉一些不必要的東西。到了澳門以後，我和二妹更經常的在天未明時就去排隊買配給米和配給麵包。當過「攤販」，在黝黑的晨街中排過隊，能說那不是奇異的經驗嗎？

也許就因為我還不識愁吧？在那些日子裡還過得挺快樂的。閒來無事，看看小說，畫畫漫畫，要不，就是跟妹妹們玩玩紙娃娃。

但是，卻有這麼一天，我忽然變成了小老師。

父親天天吃不加鹽的眉豆煮蒜頭，腳氣病很快就好了。有一天，他從外面回來，輕輕鬆鬆的問我：「孔伯伯那邊有個女教員請了產假，他叫妳去代一個時期，妳願意去嗎？」

我完全沒有考慮，也是輕輕鬆鬆的，就答應了下來。真是說也奇怪，我從來沒有出去做過事，教書不是一件簡單的工作，我怎敢輕易答應呢？是長女的責任感在鞭策著我嗎？父親說孔伯伯說明了束脩是每月銀洋四十元。在父親還沒有找到工作以前，這個數目對家計也不無小補呀！

弟弟妹妹們聽說我要去當老師，都對我表現出由衷的敬意。只是，一提到孔伯伯，大家都伸了伸舌頭說：「孔伯伯好兇啊！妳不怕他嗎？」

真的，我和弟弟妹妹們對孔伯伯都是非常敬畏的，儘管他對我們十分親切。不知怎的，他那嚴肅的外表、方正的行為，總是使我們害怕。有時我們在家裡玩麻將和天九牌，一聽見他老人家駕到，就嚇得甚麼似的，趕快把「賭具」收拾起來，把現場消滅。

而明天，我就要到他所開辦的學校去當小老師了，世事豈能逆料？

我到了那間外表一點也不堂皇的漢文學校。孔伯伯好像早就預料我一定會來的，完全沒有感到意外的樣子。他簡略地告訴我，我擔任的是四年級的級任，此外還要教五六年級的算術、一二年級的音樂、美術和體育；總之，每一天的時間都排滿了。這時，我根本就沒有拒絕或者考慮的餘地；加以，我那時正是初生之犢，所以，仍然欣然地一口承擔下來。

孔伯伯帶我去見同事們。我的天！坐在教務室中的，除了一位二十來歲的女體育教員外，其他都是中年人，甚至還有老年的男士。我這個黃毛丫頭在這裡算老幾呀？

然而，這些「老」先生對我都和善得很哪！原來，他們大部分都和父親認識的。其中一位六七十歲的長者，是孔伯伯的叔父，他告訴我，他跟我去世的祖父還是朋友哩！這位長我兩輩的老先生，對我特別慈藹，也特別謙虛，堅持不肯直呼我的名字而稱我為「周先生」，真是令我汗顏無地。

在帶我進教室以前，孔伯伯交給我一根教鞭，並且特別吩咐我：「學生不聽話時一定要打，不可姑息。」

我接過那根籐鞭，心中大不以為然。這是什麼時代啊？還要體罰？這是我跟孔伯伯在教學上觀點不同之一，以後還有許多彼此間的歧見，不過始終卻沒有發生過衝突。關於體罰這個問題，想不到到了二十多年後的今日，在臺灣仍「盛行」不衰，這又是始料不及的。

我第一次進去的教室是三年級，教的是算術。這是非常輕而易舉的工作，我教得很順利，學生們也很歡迎我。這是可想而知的，他們平日接觸的盡是一些可當他們祖父與父親的「老頭子」，個個一本正經，不苟言笑；如今換了一個年紀就像他們姐姐一樣的女孩子，他們怎會不高興？

一整課，一整天，我都沒有動用那根籐鞭。

下課回家以前，孔伯伯問我：「妳怎麼不用鞭子？他們是挨打慣的，妳不打他們，他們會欺負妳。」

孔伯伯的臉上罩著一層薄霜，我默然了。為了那四十元銀洋，我只有妥協。不過，我還是盡量避免打孩子們的小手，就算萬不得已，也打得很輕。我聽見孩子們在互相耳語：「周先生打我們，根本一點也不痛。」

第二天，遇到了一節一年級的體育課。真不明白，學校裡不是有一位專教體育的女教員嗎？為什麼還要我擔任這種課程？我自己在學校裡，由於體能較差，體育的分數老是在及格的邊緣，如今哪有資格教人呢？最妙的是，漢文學校沒有操場，也沒有空地，體育課只能在一間空的大廳裡面上。面對那三四十個拖著鼻涕、張大著嘴巴、好奇地瞪視著我這個新來的小老師的小不點兒，我真不知道如何是好。

「你們有誰帶毽子或者跳繩來了？」忽然間，我靈機一觸，就這樣問他們。

「沒有，我們都不敢帶來，孔校長不准我們踢毽子和跳繩。」一個圓臉的小女孩，伶牙俐齒地回答我。她就是王靜芷，我走的時候哭著送我的那個圓臉小女孩。

啊！不准踢毽子，不准跳繩。難道要他們在這個大廳裡賽跑、打球？我用手支著前額，想了一會兒。有了！

「小朋友，我們來做遊戲好不好？」我問。反正他們還小得很嘛！就把他們當作幼稚園學生看待得啦！

「好啊！好啊！」孩子們高興得跳起來。

我叫他們背牆而立，排成圓圈，開始作「貓捉老鼠」的遊戲。現在我已忘記這遊戲怎麼做，當年卻是懂得的。孩子們開心地玩著，開心地笑著；我雖然沒有玩，但是也笑得很開心。突然，我發覺孩子們的笑容凝結了，在奔跑跳躍著的腳步也凍結了。我愕然愣住，他們看見了什麼怪物啦？

朝孩子們的視線回轉頭。在大廳的門口，昂然地、肅然地、如一尊塑像般站著的，不正是孔伯伯嗎？他炯炯的目光透過眼鏡片凌厲地望著我，他那件白夏布長袍襯托得他那高瘦的身軀有如天神。

「孔伯伯……」我訥訥地開了口，不知道發生了什麼事。

「孩子們太吵了，影響到其他班級上課。妳管一管他們好嗎？」孔伯伯的眼色雖凌厲，聲音倒是很柔和。

「是的，孔伯伯！」我垂下了眼皮回答，自己覺得雙頰熱辣辣的。

「你們不許吵鬧，要聽周先生的話，知道嗎？」孔伯伯又向孩子們吩咐一句，然後邁著大步走開。

像是自己做了錯事似的，我頓時覺得在孩子面前再也抬不起頭來了。孩子們多懂事，他們反而安慰我哩！

「周先生，我們還是不要做遊戲算了，做遊戲太吵。」小小的王靜芷鼓著圓圓的兩腮對我說。她的「體貼」，使我感動得幾乎落淚。

「那麼，以前的先生上體育課時教你們什麼的？」我只好向孩子們求援了。

「做柔軟操。」孩子們異口同聲的回答。

呀！做柔軟操！我整個人都坍軟了。整整半個鐘頭的去做那乏味的、呆板的柔軟操，叫我怎受得了？叫活潑的孩子們怎受得了？還好，下課的鈴聲及時救了我。管它呢？體育一星期只有一節，到下星期再說吧！

就這樣，我開始了我的小老師生涯。原來說好只代課一個月的，但是請產假的那位老師因為身體不好，一直不能回來上課，我只好一直代下去，一直代到我們離開澳門為止，差不多有一個學期之久。

那個時候的學生，年齡不像現在整齊，而且大多數都比現在的學生年齡大。五、六年級的學生，有的居然已經十六、七歲，看起來跟我一般大小。於是，在放學的時候，我雜在學生的隊伍中走著，就有一些好事的路人在指指點點：「喂！你們看，這位大姑娘到底是先生還是學生呀！」

孔伯伯在呈報教員名冊給當地的教育機構時，也覺得我的年齡太小給我加添了幾歲。同學中的「老」先生們全把我當作孫女或者女兒看待。唯一的女教員陳小姐更是把我看作她的小妹妹，在她的指點下，後來我教一年級的小孩子作柔軟操就沒有那麼乏味了。

在漢文學校，我所擔任的學科，簡直是十項全能。除了中高年級的算術，低年級的體育、音樂和美術外，還要教六年級的作文。孔伯伯為什麼這樣安排，我始終不明白。

那時，我自己還是個學生，小學的算術還沒有忘記，自然教得很順利。至於教作文，也是我之所長，因為我從初中時代就醉心文學，讀過不少中外名著，國文一科的成績，在班上一向是首屈一指的；現在當了老師，不是正好一展所「長」嗎？那時的小學生，還多數能夠寫文言文，而且國文的水準也比較今日的學生為高。我對學生們的每一篇作文，都細心的加以批改，絲毫不苟。不知怎的，學生的作文簿給擔任六年級任的孔老先生看到了，他老人家馬上對我大為欣賞，大大誇讚了一番，使我不禁有點飄飄然之感。

教體育，也許使我感到苦惱；教音樂、美術，卻又正投我之所好。本來，我在家裡就喜歡哼哼唱唱；現在，我把自己在小學時所學過的歌曲一古腦兒全都搬出來，還把「一百零一首最好的歌」裡面的兒歌譯成中文，教孩子們唱。好在漢文學校沒有鋼琴和風琴，也沒有規定音樂課本，所以我這個沒有學過音藥的人也得以濫竽充數。

教美術，更是容易。就算自己不會畫圖，每一課都叫孩子們畫「自由畫」也無所謂；何況，我對美術並不算是門外漢。我在校時畫圖總是得A，我所臨摹的好萊塢明星像又是同學們搶奪的對象。現在，我每一課都畫圖在黑板上讓孩子們照著畫，我畫米老鼠、白雪公主、唐老鴨、大力水手等等有趣的卡通人物，無形中也提高了他們畫畫的興趣。

我愛教低年級的孩子，由於他們的天真無邪，可以使我的童心回復。像圓險的王靜芷，有一雙大眼睛的胖娃娃小冬瓜，還有頑皮的阿吉等，都是我最好的玩伴。在課餘，我常常跟他們一起踢紙球、「跳飛機」，忘記了自己已為人師表。我也愛教高年級的孩子，因為他們的年齡跟我接近，已有資格做我的朋友。像六年級的美芙，那位十六歲的大姑娘，已長得跟我差不多一樣高。她常常望著我身上所穿的香港衣料，羡慕地說：「周先生，妳這件衣服真好看。」然後，就滔滔不絕地開始跟我談起女兒經來。有一次，我送了一個當時很流行的花髮夾子給她，她高興得什麼似的，天天都戴著來上課。

我代課代了大約快有一個學期吧！有一天，父親告訴我們一個好消息：他的一位友人請他到桂林去合作一樁生意，我們全家就要離開澳門了。當時，我們姐弟們全都高興得跳了起來，因為我們知道，到了桂林，我們便有復學的機會。

在漢文學校教了近半年的書，我已得到了孔伯伯相當的器重。他不再反對我那新式的教學法，也不再強迫我對學生施行體罰。不過，他的風度也真好，為了我的前途，他並沒有挽留我教下去。相反地，他還挺洋派地自動為我開了一份「服務證明書」，在證明書裡著著實實地把我誇獎了一番。這份「服務證明書」我雖然始終還沒有拿出來炫耀過，可是，我至今仍珍藏在箱子裡。

一眨眼，我這半年的小老師生涯又已逝去二十幾年了。前兩年，我在臺北又有過一次「誤人子弟」的經驗；每當我站在講臺上的時候，就會情不自禁地想起那段有趣的往事。

如今，孔伯伯已仙逝多年，不知道漢文學校還能夠在那特殊的環境中進行華僑教育不？

有口難言

我生平不善言詞，拙於交際，尤其在人多的地方，更往往訥訥不能出口。我一向認為這是苦事，但又改不過來。因此交際場合我能避則避，藉以免卻「有口難言」的尷尬。

不幸，不久以前，小兒子在幼稚園畢業，舉行畢業典禮的前夕，他的老師叫孩子傳話，要我在畢業典禮中代表家長致詞，理由是：我是所有家長中唯一在外面辦公的媽媽，所以非講話不可。

聽了孩子的話，我心頭卜卜而跳，平常連講話都害怕的人，居然要登臺「演講」，這不是跟我開玩笑？我想推辭，可是，看見孩子那雙急切期待的眼睛，我能說不嗎？用什麼理由來推擋呢？我能對孩子說我害怕嗎？那是多沒有出息！對孩子的影響又將多麼不良呵！沒有辦法，我只好硬著頭皮對孩子說：「好吧！不過媽媽從來沒有演講過，恐怕講得不好哩！」

孩子們一致鼓勵我，說我一定講得好。在這種情形下，勢成騎虎，我也就只好勇敢地面對事實了。連夜，我起草稿，稿子並不難寫，我一揮而就，覺得語語得體，心中頗為得意。拿著稿子唸了兩遍，認為一切沒有問題了，就安心睡覺。

第二天，帶孩子到學校去參加盛典，他的老師看見我就過來招呼，一再叮嚀我等一下要起來講話。我心裡想：她明知我不會再推辭了，難道我到時還要坍學校的臺嗎？

儀式一項一項的進行著，我的心也加緊地狂跳不停。來賓、校長，還有小朋友們一個個都出來講話了，由於他們個個都講得那麼響亮，那麼流利，我的恐慌心理也就更加強。我緊緊地握著那張準備好的演講稿，神經緊張，額上的冷汗涔涔而下。

「家長致詞！」司儀清脆的聲音在臺上響了起來，那位老師走過來禮貌地請我上臺。我懷著出場演戲的緊張心情，步履艱難地走上臺去，把演講詞放在桌子上，定一定神，用膽怯的語調說出：「主席，各位來賓，各位家長，各位老師，各位小朋友。」這時，一看臺下，一千幾百隻亮晶晶的眼睛都望著我，心裡一慌，糟糕；說些什麼好呢？怎麼一下子就全忘了。

我想看底稿，但是，桌子太矮，那份底稿和我的視線距離太遠，我沒有辦法看見那些字。沒奈何，我只好就記憶所及，結結巴巴地把原稿的意思說了出來；我知道，我的聲音是顫抖的，態度是不自然的，我完全是失敗了，只不過說幾句簡單的話，我竟比不上幼稚園的學生。

在大家禮貌的掌聲中，我紅著臉回到自己的座位裡，低著頭，不敢看任何人一眼。

這是我生平第一次的「演講」，成績竟然如此低劣，我恨自己「有口難言」，認為是一生中的恥辱，三個月來心裡一直感到不安與難過。

前幾天，在報上看到了一則花邊新聞，說這次在東京舉行的國際筆會中，美國大文豪史坦貝克被邀起來演說。但是，史坦貝克只是簡單的說：「作家的工作是寫作而不是講話，所以，我也不必多講了。」說完了他就坐了下來。

讀了史坦貝克這兩句精采的「演講」，心裡的不安為之釋然。是的，我們既然選擇了以「寫作」為事業，一枝筆就代表了一張嘴，多言又何用呢？西諺有：「沉默是金」以及「善吠之犬不會咬」的句子，能言似乎並不表示一個人的智慧，從此，我也不再為自己「有口難言」而悲哀了。

天性

不知道怎的，最近我對自己每天刻板式的生活感到說不出來的厭倦：我恨我所住的鴿子籠般的宿舍，我恨我每天走的那段相同的路，我恨我每日做著的千篇一律的工作……我覺得沉悶的空氣把我壓得透不過氣來，我渴望著暴風雨來臨，因為我需要一點新的刺激。

我原是一個好動的人，可是，自從到臺灣以後，居然在臺北一住便是六年多，在同一的宿舍裡住了四年多，而在同一的機關裡也呆上了三年，這可說是我有生以來的最高紀錄了。以往，除了童年在故鄉的一段時期不算外，長成後的我是終年在外東奔西跑的；我從未在同一的地方呆過三年以上，而住房子，任公職，也從來不曾呆過有兩年的。我不承認我是個喜新厭舊的人，相反地，我的腦筋相當頑固，我只欣賞古典的東西而不喜歡新鮮稀奇的玩意；我之所以喜歡變換環境，完全是由於好動的天性吧！

父親最近寄信來，他引用一句西諺；「滾動之石，不長青苔」來譬喻他這一生之常常更換服務機關，以致如今年齡老大，一無成就，言下不勝慨歎。父親是個上年紀的人了，對目下處境不佳當然會感到難過；然而，我卻不認為這是由於他常常更換服務機關所致，這實在是由於頻年的戰亂以及家累過重之故呵！

在人的天性中有喜靜的，有好動的，靜的人喜歡守成和安份，動的人卻喜歡進取和改革。守成和安份是上一代的美德，我認為現代青年卻應當有進取和改革的精神，因為，如果沒有變動，社會怎會進步呢？一個人與其守株待兔，希望奇跡發生，何如破釜沈舟，去創造一個新的環境？

六年來，我沈靜得夠，也株守得太久了，我想：這該是我動的時候了。

燈蛾

那夜我們看完第二場電影回到家裡時，發現有一隻很大的「蝴蝶」伏在收音機上。牠的兩隻張開的翅膀差不多有半英尺闊，淡淡的湖水色，中間有一個金黃色的小圓點，十分美麗。起初我還以為孩子們用紙剪成的勞作，走近去一看，才發現是真的。不過，牠只有一對翅勝，雪白的肚子又胖又大，看來不像蝴蝶，這大概是一隻大燈蛾，看見我家燈火明亮，窗戶洞開，所以就飛進來吧！

看到了這樣一隻罕見而又美麗的大燈蛾，我們都喜不自勝，立刻就想到要把牠捉住製成標本，將來好帶回大陸去做紀念。仲躡手躡腳的拿來一個大玻璃盆，輕輕往燈蛾上面一罩，不費吹灰之力，燈蛾馬上成擒；我們再把厚紙板住盆口一墊，再用繩子把玻璃盆和厚紙捆好，燈蛾就正式的成為我們的俘虜。

第二天孩子們起來，發現這樣美麗的大燈蛾，都高興得歡呼。四個人圍住玻璃盆指手劃腳，有說這是蛾王，又有說是蛾精的，議論不休，差點連上學都忘記了，最小的平兒還大聲叫著——燈蛾拉了許多白色的大便哩！我起來一看，厚紙板上鋪了許多白色圓形的小粒，每五、六粒結成一條線狀，整齊有致，原來燈蛾產卵了，我對牠不免又增加了一些好感。

這一天燈蛾始終靜止不動，我以為牠死了，心裡有點難過，孩子們更紛紛責難我，為什麼不在紙板上鑽幾個小洞，讓空氣可以透進去呢？我無言以對。

夜裡極熱，紋風不動，連蓆子都熱得燙人，我正翻來覆去的老睡不著，忽然聽見屋子裡好像有小鳥在鼓翼的聲音，起初以為是外面飛進來了小鳥，後來細聽聲音，卻原來是從玻璃盆裡出來的。呵！燈蛾還未死，經過了兩夜一日的「幽禁」和「絕糧」，牠還能活著，牠的生命也夠強了。

一夜裡，鼓翼的聲音不絕、聲音是那樣響，我真奇怪那樣脆薄的翅膀怎會有如此大力的？唉！燈蛾是在作垂死的掙扎喔！它這樣的被窒息在玻璃盆裡，簡直是比死還要受罪呵！這一夜我失眠了，我在責備自己的殘忍。

早起，我對仲說：「還是把它放了吧！」

「我正想這樣做哩！」他說完了立刻把玻璃盆拿到窗口，將繩子解掉，把玻璃盆掀開，可憐失去了兩日自由的燈蛾並沒有馬上飛走，它在紙板上爬行了一會，半天半天，才拍了拍翅膀，緩緩飛去。

望著牠那湖水色的翅膀漸漸消失在天空中，我心裡不禁一陣輕鬆。古人有「剔開紅燄救飛蛾」善舉，我為什麼偏要戕賊一隻生命旺盛的巨型燈蛾呢？這次我們雖然失去了一件有價值的紀念品，但卻做了一件有益心靈的事情呵！

臨池偶感

最近，由於精神不佳，心情不好，我又恢復了練字課程。每日，我抽出半小時的功夫，臨摹一頁小楷字。當我一筆一畫地專心習字時，果然，神智為之澄清，滿腔煩惱也不翼而飛。臨池的確是修心養性的最好方法呵！

記得我在小學四年級以前，字寫得很拙劣，簿子經常的抬著紅槓子，圈圈從來沒有我的份。後來，上了五年級，因為班上有幾個男同學字寫得特別好，常常被老師誇獎，我心裡覺得很羨慕，就拚命摹仿他們的筆跡。這樣一來，我的字變好了，每次要抄壁報時，老師總派我去抄。我成為班上女同學中字寫得最好的一個。

以後，我開始注重練字，每當放暑假和放寒假的時候，每天我都規定要寫大字小字各一頁。日子一久，我的字也就常常被師友們稱讚著，但是，到了如今，我看到十年前自己所寫的字，卻是覺得幼稚不堪哩！希望再過十年之後又覺得今日的字跡太幼稚。若能如此，我便算有點進步了。

我曾經臨摹過的帖子有蘇東坡、王羲之和趙子昂三人，蘇字豪邁流暢，王字神韻自然，趙字清秀出塵。可惜我全都學不上，不知道是否因為個性太強，還是臨帖工夫不到家？至今我寫的還是自己的字體，哪一家都不像。因此，我遇到字寫得好的人，就會不自覺地增加幾分敬意。

近十年來，我覺得毛筆字寫得好的人實在是愈來愈少了。二十幾歲以下的年輕人，有很多幾乎是連毛筆都不會拿，而一般小學生們每週一兩次的練字，簡直比塗鴉還要壞。國粹淪落若此，的確令人悲嘆！十年之後，毛筆字是不是會變成國畫一樣只有少數人才懂得的藝術呢？那真是只有天知道了。

尋源記

接近華氏表一百度溽暑的煎熬，三四個月以來天天被白熱太陽的燒烤，使得我們都變成了智者，對水有無限的思慕。然而我們卻不幸置身沙漠中，四周被灰色的樓宇和灰色的馬路所包圍；除了水龍頭在晚間點點滴滴地擠出一絲細水外，我們就簡直與水絕緣。

尋找我們的綠洲去呀！海濱浴場，游泳池，不是到處有麼？但是，海濱浴場太遙遠了，游泳池太擠了，都不合我的理想；我希望的只是樹蔭下一道靜靜的溪流，讓我濯足，供我垂釣，使我能夠享受半日清涼。

由於一向少出門，對臺北近郊的地理環境我是極不熟悉的，何處有溪流呢？當孩子們又吵著要去郊遊時，我叫他們拿出臺北市的地圖來看，突然，水源地三個字吸引了我，一看到水字，我彷彿就已找到了綠洲。

一家人從蒸籠般的公共汽車上走了下來，站在白熱的驕陽下，看著馬路兩旁的屋子，茫然相對，水呢？

「往前走吧！」我說，到這裡來找尋綠洲是我提議的，縱然我也不認得路，卻不得不裝成極有把握。

走著，走著，綠洲渺然，我們只是從一個沙漠走進了另一個沙漠；本來的沙漠還有屋瓦可以遮蔭，現在呵！簡直是赤裸裸的快要被烈日烤成人乾了。

我用充滿歉意的眼光看著他，他卻丟過來一個嘲弄的眼色：「妳出的好主意！」

「媽媽，那邊有水！」孩子們歡叫起來了。

馬路的那頭有一道污濁的小河，河裡有很多小孩子在戲水，河上還有一座拱形石橋，襯著岸邊一些低矮的瓦房子，頗有點大陸鄉間的景色。

水！我沒有找錯地方！看到了水，大家的興致都提高了，沿著水流往前走，漸入佳境，一幅小橋流水人家的畫面逐漸構成。

水流在山腳下蜿蜒前行，水邊有些矮矮的灌木，遮蔽了熾熱的陽光，使水邊苦熱的行人得到一刻喘息。我真羨慕住在這裡的人家，「舍南舍北皆春水」，這福份不是人人修得到的呵！

水流並不清澈，但很湍急，潺潺之聲不絕，使我想起了小提琴的旋律。有一堆白色的東西順流而來，在我的幻覺中似是一群天鵝，小兒子卻喊著：「看！鴨子游來了。」

看呀！鴨子來了！原來是兩張揉在一起的破報紙。不是小兒子的視力有問題，就是他也跟我一樣，太喜歡幻想了。

孩子嚷著要下水玩，他說水太急太髒了，再往上流看看。走著、走著，境愈幽，人愈靜，但水流還是那麼混濁。拐了一個灣，忽地眼前景色豁然開朗，人語喧嘩，我們彷彿是當年桃花源中那個漁人，發現了洞中的天地。

石橋下，綠波中，浮沉著十來個戲水的兒童。他們的皮膚都是紅褐色的；體格都是壯碩的；身手的矯健，使我讚歎不已，誰說我們是東亞病夫？

這裡的水似比下流略清，最可愛的是：橋畔立著一棵綠蔭如蓋的老榕樹，在它的蔭蔽下，暑氣全消，使清涼的水加倍清涼。

孩子們靦覥地下水了，因為他們不習慣和陌生的伴侶相處。他們不會游泳，只能泡在水裡互相潑水。比起那群生龍活虎的孩子們，他們顯得蒼白而文弱；這就是鄉村兒童與城市兒童最大的分別嗎？我不禁暗叫一聲慚愧。

榕樹後面有一個斜坡，坡上有一塊平滑的巨石，我和他爬上去坐在那裡，欣賞孩子們的憨笑。在綠蔭下，遙望晴朗的藍天，只有空靈的感覺而無灼熱之苦；遠山疊翠，層層可數，一切一切，都像在圖畫中，而我們卻是畫中人。

老榕樹的鬚根垂拂著水面，愛幻想的我又幻想它們是江南的楊柳枝。水面、山間，吹送來陣陣涼風，驅盡了八月的炎暑，不知道比冷氣機涼快多少，我不是個喜歡閒坐的人，平日難得無事靜坐五分鐘；此刻，只是抱膝坐著，不講話，也不思想，為的是要好好地享受這份清涼。他跨坐在樹椏上，也是一副悠然自得的樣子，想來，是不敢再怪我們拖他出來玩的了。

孩子們光著腳鴨子踢踢踏踏地跑上坡來了，小臉蛋都曬得通紅，背上、肩上、臂上，也染上一層健康的顏色。是應該讓他們常常去接觸陽光和大自然的，男孩子不應培養在溫室裡呵！

沙漠中的旅人終於找到了水源；最滿意的是，我們在這裡享受到半日清涼。

閒情兩題

逛櫥窗

英文中的Window Shopping是一個很妙的字眼，望字生義，它似乎已把女性們以逛櫥窗來滿足購買慾的心理包括在內。

逛櫥窗的確有許多樂趣。從審美的觀點來說，因為佈置櫥窗也是一種裝飾學，裝飾得夠藝術的，自然會給人以美的感受。從經濟的觀點來說：這也是女性們的消遣方式之一，妳可以不花一文，得到片刻視覺的享受和心靈的滿足，無論如何比打麻將有益得多。從交際的觀點來說：好友三兩（千萬不能超過三個人，多則亂矣！）從這一家櫥窗逛到另一家櫥窗，互相品評，彼此磋商，不但使妳對時裝、皮鞋、各種裝飾品的價格瞭若指掌，更是增進友誼的最佳場合。

我對逛櫥窗不算太有興趣，因為我家住鬧市，出門兩步就是商業區，每天看都看膩了。這對我可說是一個損失，平時生活已經簡樸清苦得像個清教徒一樣，現在連這種不必花錢的樂趣都沒有了，那豈不要變成苦行僧了嗎？

做女紅

我是個笨手笨腳的人，做什麼事情都做得不妥當；可是，卻偏偏從小就喜歡做女紅。

在小學的時候我最喜歡替洋娃娃做衣服，做小手帕等，上了中學我還喜歡繡花、繡枕套、繡桌布，我覺得那最能陶冶性情。後來，學著給自己做些不成樣子的睡衣啦、小外套等等；結了婚以後，要做的女紅可多了，有了孩子，就算最不會縫紉的人也不得不拈起針來的。十幾年來，我天天忙著為孩子做衣服、織毛衣、縫鈕扣、補襪子，現在，我已有點討厭這份永遠做不完的工作。

我嚮往著少女時代一面在繡花架上一針針地繡出美麗的花朵，一面做著白日夢的日子；當一幅作品完成了以後，在我的心中也織好了一個綺麗的青春的夢。

織毛線是我認為在所有的女紅中最單調的一種，因此，我對織毛線的興趣遠不如繡花或縫衣。在織毛衣時，我必須一面看書，還要一面聽著音樂，否則我就會有著像坐牢一般無聊而又乏味的感覺。

無言歌

敏感的心

不知道從甚麼時候開始，我的心竟然變得這麼脆弱，這麼敏感，為了一點小事，就會觸動起鄉愁。前些日子，樓下的人燃點火盆，我聞到了木炭在燃燒時特有的味道，忽然間就想起了小時家裡所使用的木炭熨斗。啊！那是多遙遠的日子呀！我夢裡的家鄉！隔壁人家在院子裡種了一株石榴，在冬天裡（這十二月的小陽春）仍然滿枝結實纍纍，於是，我又想起了榴花照眼明的江南五月。

如今的我，就是這個樣子：一句鄉音、一樣家鄉產品、一本舊書、一件舊衣服，都會使我聯想到遙遠的童年與久違了的家鄉。「君看雁落帆飛處，知我秋風故國心。」想不到幾百年前的詩人，就已道出了我的心境。

夢中得靈感

在寫舊詩的少年時代，也曾有過幾次夢中得句的逸事。成年後，俗務紛紜，失去這種雅興久矣。有一次，在夢中置身於一個小說的情節裡，醒來尚未忘懷，趕緊把故事記下來，那是我除了寫舊詩以外第一次從夢裡得來的靈感。

最近，我因為苦思一篇文章的題目不可得；一夜，在夢中忽然想出來了。夢中的我固然欣喜若狂，醒來後的我亦欣喜若狂；可惜，再次研究之下，這題目並不配合那篇文章，真是一場空歡喜。

是不是因為人變得庸俗，就連夢都不雅了？

明天又是另一天

我非常的喜歡「明日又是另一天」這句西諺，因為它深含哲理。「明日又是另一天」，絕對不是「今朝有酒今朝醉」這種頹廢的觀念；而是告訴你，不要留戀過去，不要幻想將來，只要把握現在。

命運是不可測的，人生是既虛幻而又渺茫，明天永遠是個未知數，你何苦為它傷腦筋？把握住每一個今天，好好的度過它，你何苦為它傷腦筋？把握住每一個今天，好好度過它，你的人生將是一連串美滿的日子。

明日又是另一天，它像是一尾狡猾的魚兒般無法捕捉，只有今天才是實實在在的東西，我們應該懂得珍惜它。

餘音

那天，我一個人在家裡，一面縫衣，一面聽唱片，我選的是布拉姆斯的第一號鋼琴曲。這首樂曲，我每次聽都有著如聆仙樂的感覺；今天，因為一則沒有人吵我，二則我是全神欣賞，心無二用，所以感受特深，聽來特別悅耳。兩三日以後，曲中的主要旋律仍然縈迴在心中，舒暢已極。古人所說的「餘音嬝嬝」、「繞樑三日」，如今果然得到了印證。

讀到了一本好書、一篇好文章，看了一部好電影，聽了一首好音樂，過後往往能夠回味無窮；這種滋味，如飲醇醪，如啜佳茗，使人齒頰留芳，而回味時的芬香，又似比飲時更覺濃郁，更覺醉人。

啊！我現在的腦海中，好像又有一隊小小的交響樂團在演奏著布拉姆斯那首仙樂了，這美妙的餘音，又何止繞樑三日呢？

生活隨筆

過「海」

每天入夜以後，我都要坐車從水源路駛向中正橋。這時，堤下那道寬闊的新店溪，在黑暗中看來多麼像一個靜靜的海灣。於是，我立刻聯想起香港那個尖沙咀碼頭，橋上絡繹不斷的車子變成了過海的輪渡，對岸的燈火變成了九龍的燈光，而以為自己是坐在過海的輪渡裡。

住在港九的人，都知道從尖沙咀過海是最方便不過的事。輪渡一艘接著一艘的開行，乘客幾乎不必等候，隨時可以搭得到；而行駛的時間又不過五分鐘，等於跨過一條寬闊的馬路。輪上打掃得很乾淨，乘客從來也不會像電車和巴士那樣擁擠。坐在椅子上，縱目四周的青山綠水，海風吹送，舒貼無比，似乎也是生活上的享受之一。怪不得香港人除了「遊車河」之外，還有「遊船河」一語。

假使我有一點點懷念香港之情，這恐怕是重要原因之一吧?!

電視與讀書

昨天，我忽然驚懼地發現一個事實：我似乎很久沒有和書本親近了。為什麼呢？我惕然地自我檢討，是因為忙搬家的關係嗎？假如是為了忙搬家，那不打緊，等生活秩序恢復正常了，又會鑽到書堆裡的。一整天，我都用這個理由安慰自己，而感到心安理得。等到晚上，把一切工作做完，安安樂樂的坐到電視機前面時，才又悟出另外一個道理，我偷偷問自己：是不是為了電視而跟書本生疏了？

還有什麼好否認的？鎮日窮忙的我，每天就是只靠睡前那一點點小得可憐的時間來為自己空虛貧乏的頭腦增添一些精神食糧；自從家裡購置了電視機以後，為了貪圖感官的享受，我就把頭腦荒廢了。真想不到電視中的影集對我有如許吸力，我一夜夜、一週週、一月月的追看下去，樂而不疲。影迷如我，以前一個禮拜一定要去看一場電影的，自從有了電視機，已難得去一次西門町。電視既然有這麼大的魔力，能夠使我放棄電影；又怎不叫我這個不太好學的人拋開書本呢？

想起了黃山谷「士大夫三日不讀書，便覺言語無味，面目可憎。」這幾句話，不覺愈來愈心驚。我會不會有一天到了連鏡子都不敢照的程度呢？

白髮

上初中的時候，有一位同學以「我的白髮」為題，在校刊上發表了一篇文章，描寫她自己如何在頭上發現了一根白髮。文中雖然帶著些「為賦新詞強說愁」的早熟的傷感，但是，字裡行間卻遮掩不了微微的得意。當然哪！一個十二、三歲的孩子，在頭上發現了一根白髮，除了覺得好玩以外，還會有什麼感觸呢？當時，我非常羨慕她那篇文章的「文藝」手法，頗以自己頭上沒有白髮，不能也寫一篇效顰為憾。

想不到若干年後，在自己的頭髮中果然出現了縷縷銀絲。只有一兩根的時候，懷著無所謂的心情把它拔去。近來，這些藏在黑髮底下的銀絲似有蔓延之勢，像春風中燒不盡的野草一般，拔不勝拔，不禁就感到了隱約的悲哀。王國維「最是人間留不往，朱顏辭鏡花辭樹」，這兩句淒美的詩，立刻兜上心頭。

在臺灣，也許是由於氣候的關係，人們特別容易白了少年頭。十幾歲的男女學生，花白頭顱的頗不乏人；三四十歲的壯年人，更是多半早生華髮。頭上發現幾根白髮，根本不值得大驚小怪，更不必敏感地把它跟「老」字扯在一起。想到了這一點，為之釋然。

毛筆字

小兒子一面在看電視，一面用毛筆寫他的週記。我看他漫不經心邊看邊寫，那筆字像鬼畫符似的，不免心頭火起，大聲命令他要好好地寫。誰知小兒子卻慢條斯理，毫不動容的回答：「寫週記的字好不好有什麼關係？反正又不算分數的嘛！」

好傢伙！字難道只是為了分數才寫好的嗎？他在小學和初中的時候，一筆字寫得挺秀氣的，想不到上了高中之後，因為不需要交大小楷，而功課又忙，就開始對書法自暴自棄起來。我想，這情形一定不獨他個人為然，恐怕一般學生也是如此吧！

說到我自己，更是與毛筆絕緣久矣！十一、二年前，由於工作的關係，經常要寫毛筆字，我也曾有過每日練字半小時的良好紀錄。後來，因為爬格子的時間多了，一枝派克筆便離不了手。這兩年，發覺原子筆比鋼筆更方便更好用，於是，我又索性把那枝使用兩多年的派克筆冷藏在抽屜裡，不論寫信寫稿，一律使用原子筆。現在假如要我用毛筆寫一封信，那筆字恐怕也不堪一看了。

這是個工業社會。拋棄舊的，接受新的，原是必然的趨勢。只是，書法是我們的國粹之一，如今我們的下一代（甚至我們自己）已不大會寫毛筆字了，我真擔心有一天，書法會變成歷史上的名詞。現在，學習國畫的人似乎很多。我真希望書法家們也能多多設帳授徒，好使這份值得我們驕傲的國粹不至後繼無人，而得以流傳永久。

心靈的獨語

我的小天地

古人畫地為牢，我卻是被一張書桌、一把藤椅和一架破書把自己拴住了。從早到晚，除了出去工作和操作家務之外，我心甘情願地關在這個小天地裡。

天地雖小，我那匹思想野馬卻可以任意在無盡的空間裡奔馳。當我一卷在手，或者在紙上隨意塗寫著的時候，在我的小天地中會築起了一道無形的圍牆，把我和家人隔開，把窗外的市聲隔絕，對現實中的一切，我視而不見、聽而不聞。

書桌上的一盞日光燈，像是夜空裡的一顆大星，在引導著我在黑暗中摸索前進。

爬格子者的甘苦

有時，真想一天二十四小時不眠不休地寫，那是當自己的胸臆中靈感泉湧時，就像骨鯁在喉，不吐不快一樣。在那種情況下，寫作是一種高度的享受；即使寫到手酸背疼，仍然是樂在其中。

可惜，在我們的生命中還有著其他很多很多繁瑣的事不得不去應付，當我想一直坐在書桌旁邊從事自己喜愛的工作時，卻又不得不去做一些不想做的事，真是有著「不自由，毋寧死」的感覺。

但是，有時坐在桌前一兩個鐘頭，面前攤開著的仍然是一張空白的稿紙，它空白得就跟自己的頭腦一樣。這時的苦惱，又是難以形容。我思想的泉源枯竭了嗎？才盡了嗎？為什麼寫不出？為什麼？為什麼？

寫作像是個性情捉摸不定、時冷時熱的傢伙；一旦愛上了他，真是活該倒霉！

超越了時空

唯有文學、藝術和科學的大結合才可以縮短人與人之間的距離，打破了時空的限制。

我可以坐在二十世紀七十年代臺北市的家裡讀漢唐古籍，與古人晤對，一面讓汪威廉斯的「南極交響曲」帶我到冰天雪地的地球極端去。我可以一面欣賞著福克納的小說，一面讓七弦琴所奏出的泠泠古調觸動著我懷古的幽情。坐在電影院中、電視機前，更是上至太空，下至深海，古今中外、東西南北的一切一切都可以呈現眼前。「秀才不出門，能知天下事」，我們今日真的能做到了。

有時想想，我們今日的痛苦雖多，但是在這一方面而言，又似乎已經相當幸福。

因為我們已經失落了

人為什麼都那麼喜歡懷念過去呢？過去又不一定是好的，更不見得比現在好。是不是？很多人喜歡說：「想當年……」，有人喜歡說：「當我年輕的時候……」；又有人說：「當我在××的時候……」為什麼人人都在懷念過去？到底在懷念一些什麼呢？

過去不見得比現在好，但是人人都要去顧念，為的是它已經失落了，它永遠不會再回來了；它包括了童年的歡樂、青春的幻夢、初戀的笑頰與淚痕以及少年時的豪懷壯志。是的，它們像滴落在大海中的一滴水珠一樣，永遠失落，永遠不會回來。

閉關十日記

說起來真是不會有人相信，家住在鬧市的中心，既非侯門似海，又非抱病在身，而我居然有了一次十日未出大門一步的紀錄，這寧非奇蹟？儘管說出來沒有人相信，但是我仍然以自己保有這個紀錄而自得、而自滿、而自慰。

我之所以有了這「閉關」十日的紀錄，得來完全是無意的。我不出門的第一個原因是怕熱。入夏以來，幾乎每天從清晨六時起就太陽高照，我一看見那像火盆似的烈日就怕，既沒有非出門不可的理由，我何必去受烤罪呢？第二個原因是沒有什麼地方可去。大熱天一出門就滿身汗，一動何如一靜？外面既然沒有比家更能吸引我的地方，我也就索性來個杜門不出，作一次夏眠。

居家真的是比什麼都舒服，經過了這次「閉關」，我才深信「金窩銀窩，不如家裡的猪窩」這句俗語。這十天裡，我不用穿上那些使人「不堪回首」的硬領旗袍，一襲舊洋裝，又涼快又舒適；臉上不用化妝，還我本來面目；這兩項解脫，對我這個愛自由喜隨便的人來說，真是無上的樂事！

本來一天忙到晚的我，忽然間有了這麼多的閒暇，就像窮措大一旦中了筆橫財，頓時手忙腳亂不知如何是好。起初那一兩天，我就是在我的小樓上，東摸摸、西摸摸，翻翻這個箱子，整理整理那個壁櫥，毫無計劃地渡過了日子。後來，我不那麼笨了，好不容易得來這一點點閒暇，誰知道「清福」能享到幾時？我為什麼不好好把握住它呢？

於是，我的日子開始過得比較有意義了，我以寫讀作為生活的中心，累了就起來走動做做家事；這也就是說，我用完腦力就利用做家事來作運動，以為調劑。這樣一來，我的生活秩序也很緊湊而有規律，雖然杜門不出，但也非真正的「夏眠」了啊！

在這些日子裡，唯一的遺憾就是似乎和朋友們都隔絕了。家裡沒有電話，不出門就沒法子和朋友們通消息；寫信嘛？又似乎小題大做，想想也就免了。

在這「閉關」期內，我心裡也覺得好笑，到底我能把自己關多久呢？不過，無論如何，我是絕對不輕易「破關」的。一直到了第十一天，有親戚招宴，不好意思推卻，不得已，只好重又穿上那「扼殺自由」的旗袍，裝修門面一番，啟關而出。

親友們都驚羨我何以在盛夏裡養得又白又胖，我笑而不答。

歸途中走過電影街，商店門口如同白晝的日光燈蒸發出使人窒息的暖氣，我加快腳步走開了。誰說我的小樓悶熱？無論如何，總比室外涼快得多啊！我已開始懷念這次的「閉關」了。

人生！人生！

幾年前，我在一個宴會上遇到了一個分別了十幾年的老同學。當我們喜悅萬分地互相緊緊握著手問好以後，她把我拉到角落裡一張長沙發上坐下，說要好好地談談別後的情形。

劈頭第一句，她用英語問我：「How is life？」

一霎時，我怔住了。首先，我不明白她為什麼要用英語和我交談，多年不見，用家鄉話不是親切多嗎？第二，我的生活平淡無奇，乏善可陳。第三，我不習慣和中國人說英語，尤其是在那些程度比我高的人面前；而她，我知道她這些年一直在洋機關裡工作。

我愣住了幾秒鐘，終於，我覺得我可以用英語很簡單的回答她：「四個兒子，如此而已！」這表示我除了有了四個胖胖的兒子之外，在生命中別無收穫，這個回答應該是很扼要的了。可是，我說過我不習慣用英語和中國人交談，而下面那句：「如此而已」又好像太不口語化，說不出口，於是我就吞吞吐吐地用家鄉話只說出「四個兒子」四個字，變成了文不對題。

我的話才說出口，我立刻注意到我這位老同學的面上露出了輕蔑而迷惑的表情，她心裡一定是這樣想：這個人怎麼搞的嘛？離開了學校，就連這一句簡單的英語都答不上來。

她笑了笑，不再問下去，然後開始絮絮地述說她自己多姿多采的人生：戴上了方帽子之後，幹過好幾份待遇優厚的工作，最近剛剛獵獲了一個英俊的洋夫婿……。她在說話時常常有聳肩和攤開雙手等洋動作，而且又常常摻進「well」、「You see」、「You know」等語助辭；假如我也要學她的話，我就應該不斷地揚起眉毛瞪大眼睛，連呼：「How wonderful！」才對勁。

不久之後，我這位同學就跟隨洋夫婿飛往新大陸去過完全洋化的生活。後來，聽說她並不快樂，因為洋夫婿對她很不好，而她又始終沒有生過一男半女。那麼，假如我問她：「How is life？」她是不是應該回答我：「公寓、電冰箱、電視機、緊張、忙碌，再加上寂寞和懷鄉」呢？

至於我，假如她再要問我的話，我將要這樣回答：「家、孩子、苦幹加上希望。」

有些人庸庸碌碌地過了一生，有些人拚命享受人生；但是，很少人知道「人生就是責任」，「生命的意義就是不斷的創造」。

無端

有一個早上，當我提著菜籃上市場去買菜的時候，也許因為當時馬路上的行人很稀少的關係，不知怎的，我突然對周遭的環境發生了陌生的感覺，當時，立刻有了世途茫茫、一身如寄之感。接著，我又想到：遠在香江的父母，可又知道他們的女兒此到正提著菜籃，在一個他們不曾到過的陌生城市的街道上走著嗎？於是，我無緣無故的悲從中來，彷彿自己是個孑然一身流落天涯的遊子，患了嚴重的懷鄉病。

現在想起來，這似乎是很可笑的事：自己已經有了一個建立了將近二十年的家庭，還這樣留戀父母；在這個城市的同一地區已住了十幾年，還感到陌生；家裡熱熱鬧鬧的有著四個孩子，還感到孤獨；這種感情說出來誰會相信？不過，事實上我當時是有著這樣的情緒，當它猝然來襲時，簡直像迅雷疾雨一樣，使人無法提防，也無法抵擋；被它染上以後，更是使人鬱鬱終日，久久不能去懷。

在我的生命中也曾有過兩次類似的情形，不過，那兩次是真正的孤獨之感，和今日無端的愁緒不同；只因為當時年少，還未懂得愁的滋味，所以並沒有什麼感觸罷了！

一次是卅三年初到貴陽時，在那裡，除了幾個一道逃難的同伴外，我完全是舉目無親的。有一天我外出，在半路上就遇到空襲警報，我呆呆地跟著人潮逃到郊外，等到警報解除，又渾渾噩噩地跟著人潮回到城裡。那時，我只有少許恐懼之感而無身世飄零之悲，若是在今日，將不知會何等淒楚了?!

另外一次是第二年春到了重慶，離家更遠，越是人地生疏。我天天在馬路上奔走著找工作，惶惶然如喪家之狗；心中雖然很為未來的生活而焦慮，然而我並不氣餒，終於在那完全陌生的異鄉中謀到了一份職位。在沒有找到工作以前，要是換了今日的我，豈不是要慨嘆：「念天地之悠悠，獨愴然而涕下」了嗎？

我們這一輩人，在戰亂中長成，在戰亂中闖天下，我老是覺得自己的情緒似乎永遠沒有成熟，變幻多端。有時，心情蒼老得像個六、七十歲的人，一切都看得很淡，彷彿是槁木死灰，毫不動心；有時又天真如孩童，樣樣都見獵心喜，哭笑無端。那天在馬路上走著，無端來襲的寂寞之感，應該只是個人情緒一時的變幻吧？

歸心

自從下了決心要到香港去看看睽違了十五年的爸爸和媽媽以後，「回家做女兒去！」這個美夢就一直縈繞在我心頭。這些年來，我把全副身心都放在孩子們身上，現在，我累了，做媽媽也做得厭倦了，我想去享受做女兒的幸福滋味，也想向暮年的雙親盡盡我的孝道。

無時無刻，我不在憧憬見面時的歡樂。我會喜極而泣嗎？我想會的。我在想我該怎樣把孩子們的性格和特點向爸爸一一描述；我在想媽媽該有多少體己話要跟多年不見的女見促膝細談。我在想著兒時所吃過媽媽的拿手好菜和家鄉的美味點心，啊！魷魚蒸豬肉餅、芥蘭炒牛肉……，還有，杏仁糊、裹蒸粽……我的口水都要淌下來了。

我恨不得一下子飛到家裡。

友情

有人說成年以後所認識的朋友，交情不會像少年時候所交的朋友真摯，因為成人的友誼是虛偽的，而且還有著功利主義存乎其間。但是，我並不贊同這種說法。

十年來我交了不少好朋友，她們不嫌我木訥，不嫌我過於率真不懂圓滑、不懂客套，依然向我伸出了友誼的手。儘管平時不常來往，君子之交淡如水呀！一旦有事時，她們就會把我的事看作她們自己的事，為我奔走，為我操心。

她們無求於我，也不望我回報；對於朋友們，我覺得我一直是受得多而付得少，這使我經常耿耿於懷而不安。

然而，我知道她們是不會去計較的，這就是真正的友誼與虛假的友誼的分別。誰說成人找不到真正的友誼？

平安是福

看了近日報上一連串的交通事故，真是令人心驚肉跳。禍生眉睫，變生肘腋，生命這般不可測，有誰能保證自己的下一個小時是安全的？

容或我少年時曾夢想過愛情，壯年後曾夢想過財富；但是，如今我所祈求的卻只是一家大小的平安。我但願一家人永遠不生大病（如果想連小病都沒有就太奢望了），永遠沒有意外發生。人平安，心平和，於願足矣！

春蠶蠟炬

由於個人的工作時間有了新調整的關係，我已經有半個月以上沒有爬方格子。十幾年來天天與我那枝灰色的派克筆親炙慣了，雖然僅是半個月的小別，也覺忽忽如有所失。正應了黃山谷所說的：「士大夫三日不讀書，則義理不交於胸中，對鏡覺面目可憎，向人亦言語無味。」

我不知道其他各門的藝術工作者或者其他從事執筆的朋友們，是否也和我有這樣的感覺。這種「不可一刻須臾離」的感覺，說得好聽一點是熱衷於藝術；說得不好聽，就簡直像是抽大煙上了癮，一旦煙癮發作而沒有得抽，便痛苦得涕淚交流。啊！藝術！藝術！何物藝術？你為何如此的使人如入魔道？簡直是坑人嘛！

我如今似乎也正在煙癮發作時期：白天徬徨、苦悶；晚上睡夢不穩。昨晚，我半夜醒來，一想到桌上那疊一直空白著的稿紙，立刻被一片空虛包圍著，彷彿自己是飄浮在大海上的一葉孤舟，又彷彿是身陷深谷之中，四面都是絕壁。我的心靈在無聲地喊叫求援；過了好久好久，在絕望的黑暗中我好像看到一點微光，又好像有一個小小的聲音在我的耳邊說：「寫呀！盡量的利用妳的一分一秒去寫呀！妳千萬不能讓妳的筆生鏽，妳的筆一旦生鏽了，妳的頭腦也將會生鏽的！」

「千萬不能讓妳的筆生鏽，否則妳的頭腦也會生鏽的。」多可怕的一句警告！我惕然而驚，再也睡不著了，只好數著鐘響，一直醒到天亮。

往常，每當我半夜醒過來睡不著時，我不是在構思正在寫作中的小說的情節，就是在計劃第二天該買什麼菜。（可憐的我，在白天已經工作過度的腦子到了深夜還不能休息。）昨夜，我的腦子卻是空白得和我的稿紙一樣，空虛得要求援。當那點微光出現了以後，我才漸漸感到充實了一些、穩定了一些，不再像大海上的孤舟，也不再像身陷谷底了。那微光是什麼？它就是靈感，它已經和我睽違了半個月之久，我是多麼的想念它呀！

可憐的我！可憐所有熱愛他自己工作的人！難道你們真的要像短命詩人李賀那樣嘔盡心血，為藝術鞠躬盡瘁，死而後已嗎？「春蠶到死絲方盡，蠟炬成灰淚始乾。」這兩句詩不應該再用來比喻愛情了，在這個世紀哪裡還有這樣堅貞不渝的愛情？用來比喻我輩抽「藝術大煙」的人才真是恰當不過。

衣帶漸寬終不悔

也許是因為自己近來瘦了，不知怎的，心裡老是在吟誦著「衣帶漸寬終不悔」這一句前人的詩，覺得它彷彿是為我而詠。

小時，我不屬於「胖娃娃」這一型，求學時代，也被列瘦子叢中。做了媽媽以後，更別提了。形銷骨立，兩條細腿，就像一隻鶴。十一、二年前，曾有發胖之趨勢，幸喜自己節食有方，才恢復了增一分太胖減一分太瘦的中等身材。

到了去年夏天，我又開始消瘦。起初，以為是因為天氣熱的必然現象，也就不以為意。誰知，秋去冬來，清癯如舊。其實，據我自己的看法，我是寧可稍微消瘦一點而不願癡肥的。但是，好心的朋友見了我老是問：「妳為什麼這麼瘦嘛？」雖然我實在並不算很瘦，被她們這一問，也就覺得自己很委屈很可憐似的。

我沒有病，但我知道自己為什麼胖不起來。俗語說「心廣體胖」，我的心一點也不廣，如何能胖？食少事繁，頭腦無時休息，又如何去生長剩餘的脂肪？

「衣帶漸寬終不悔，為伊消得人憔悴」，這個「伊」字對我而言是什麼？是家庭和我的筆耕生涯！

香島風情畫

我並不喜歡香港，二十幾年前，當我跟著家人逃難到香港時，我甚至憎恨它。那時，我是個小小的愛國者，我看不慣洋奴們作威作福的嘴臉，一想到自己有家歸不得，要過著寄人籬下的生涯，心中就有著撕裂的痛楚。

然而，到了二十幾年後的今天，不知道是因為離開它太久，還是因為我的父母住在那裡；自從去年回去了一趟以後，我對這個小島卻有了一點好感。起碼，我在它的萬種風情中領略到美。

渡海小輪上

我以為，在渡海的小輪上，最能領略到香港的美，尤其是乘搭從香港到尖沙咀去的天星小輪。搭客不怎麼擠，小輪上打掃得一塵不染；就算你根本不須要渡海，花兩毛錢去遊一次「船河」，享受享受海面上的清風，也是消暑的一個好去處。當小輪駛到航程的一半時，你回頭看看香港島：在綠水環繞中的青山之下，幢幢彩色高樓矗立在山腰上，陽光燦爛，清風徐來。此情此景，像不像人間仙境？又像不像世外桃源？而事實上啊！這個烽火邊緣的世外桃源又能安樂多久呢？

樓上的音樂

香港有一家專賣義大利貨品的百貨公司——瑞興。論規模，它不算大，佈置也不算豪華；但是，它自有特別吸引人的地方。它的物價相當貴，不過，在樓下經常有成堆成堆的廉價女服出售，地下室也有特價品。

一般女性顧客都喜歡在那成堆的服裝中、挑選出價廉物美而又適合自己穿著的服裝，一旦發現了合意的，真是比中了小獎還高興。這是購買之樂的一種，跟花大價錢去買名貴的貨品完全不同。是男士們所永遠無法了解的。

瑞興公司的樓上就是出售比較名貴的貨品的，有一千多元港幣一件女大衣，也有幾百塊錢一雙的高跟鞋。這裡，顧客寥寥，卻經常播放著優美的古典音樂；你在那裡可以用逛博覽會的心情，一邊欣賞音樂，一邊參觀著來自羅馬或米蘭的商品，店員並不會給你白眼。

逛摩囉舖

香港人稱印度人曰摩囉，所以，印度人所開的店舖就叫做摩囉舖。這些摩囉舖賣的多是裝飾品、小擺設、衣料、服裝、日用品等，小小的一間，老闆就是夥計。它們大都分佈在九龍的尖沙咀一帶。摩囉舖的價格都很便宜，貨品大都很精巧，我記得以前在香港唸書的時候，就常常和同學去逛摩囉舖，買一方繡花手帕或一個小小的花髮夾什麼的。

去年到香港去，無意中經過一家摩囉舖，見獵心喜，忍不住就走了進去。一個面目俊美的印度青年用流利的粵語跟我打招呼，我不好意思空手而出，就花了一塊錢買一個瓷製的小天使像作為紀念。

正要離去時，裡面走出來一個很美麗的印度少婦，披著一件閃亮的橘紅色「紗麗」，看來是盛裝赴宴的樣子。她那雙黑眼睛好迷人！又濃又長的睫毛像兩把小扇子在不停地閃動著。我看得出了神，印度青年的一聲「多謝」，才使我醒悟到自己已經逗留得太久。

維多利亞公園

香港雖然是個人口稠密、寸金尺土的都市；但是，由於它背山面海，空氣並不算污濁，而且抬頭可見青山，推窗就可看見海，彷彿就置身在大自然的懷抱裡。

住在銅鑼灣附近的居民，更可以享受到一大片綠色，那就是移山填海所築成的維多利亞公園。這個公園並無亭臺樓閣之勝，沒有花卉，樹木也不多，除了一個游泳池、一個溜冰場、幾個網球場之外，就是一大片一望無垠的草地（大概有四個新公園那樣大）和無數石椅，是黃昏納涼的好去處。

我在香港停留的那一段時間，天天都坐車經過這個公園。每次看到這一片綠，就覺心曠神怡，可是一直沒有機會去逛。

後來有一次，我和妹妹去看晚場電影。電影院出來，妹妹告訴我維多利亞公園離此不遠，問我要不要順便去走走。我欣然同意，兩個人就在晚涼中慢慢走了去。

走進那一大片草坪中，顯得自己好渺小。走了半天，才走到游泳池畔。那些在燈光下浮沉於綠波中的青年男女，真懂得消暑；而那些在溜冰場溜得滿身大汗的人就差一籌了。

我們在草坪之間的小徑中漫步著，帶著鹹味的海風從不遠的地方吹來，消盡了日間的炎熱。電車在園外轟隆而過，霓虹燈的廣告在四面八方向我們眨眼，高樓上橙黃色的燈光為本來已經多彩的夜空更塗抹上一層溫暖的色彩。這時，我又似置身在塵囂中，又似離塵囂很遠。真想不到，都市中一片只有著稀疏小樹的草坪居然會給我以如此至高無上的感受。由此也不禁聯想到，「增加綠化」才是建築現代都市的重要項目之一。

海島的懷念

若以居留時間的長短來計算，香港可算是我的第三故鄉，除了幼兒時期的那段我已不記得外，我足足在香港住了五年之久，在這裡，我渡過了我似錦的少女年華。

那時，我正是「為賦新詞強說愁」的年紀。剛到香港時，因為趕不上開學的日子而休學在家，又加上去國懷鄉之痛；於是，就以行吟澤畔的屈原自居，整天在灣仔海旁散步，眺望海景，胡謅一些無病呻吟的歪詩。這本詩稿現在還存在我的書箱裡，墨跡猶新，紙張未黃；然而，屈指算來，這已是二十幾年前的事了。

戰後，我又在香港住了幾個月；然後，分別了整整十八年，到了前年的秋天，我才有機會舊地重遊。

十八年是個多麼遙遠的日子！那一年出生的孩子都已上大學，自己的眼角也現出了魚尾紋，世事更是滄海桑田，變得不復認識。是我急於見到白髮的雙親？還是我對這個第三故鄉有著深厚的眷戀？當輪船駛入鯉魚門時，我的心竟然狂跳著。香港！香港！我的老朋友！別來無恙乎？我又來了！

是的，香港的青山綠水如昔，但是，山下的景色卻是變得太多了，最刺眼的是那些舉目皆是的巨幅日貨廣告牌。

雙親住的是遠看像火柴盒一般的大廈，這也是香港的新面貌之一；當然，這個新面貌是美麗的，也是她進步的一面。

香港也有她不變的地方：過海小輪和電車還是二十幾年前的那些；西環的許多店舖還是老樣子；家庭主婦穿的還是短衫褲……

回家幾天後，父親帶我到灣仔的克街去「憑弔」舊居。我懷著激動的心情跟著父親走進那條依稀猶記的狹窄街道，仰望那座我曾經居住了五年的灰色小樓，有著說不出的感慨。小樓破舊了，父親垂垂老了，我也進入了哀樂中年。

我和父親在那條短短的街道上徘徊著。我不知道他老人家的想法是否跟我一樣，我卻是在憑弔那逝去的歲月，想捕捉那已消失得無影無踪的少女碎夢的影子。

當年，我每天穿著藍衣藍裙，挽著藤織的書籃步行到不遠的循道會禮拜堂去上課（我們的學校借這個地方上課）；帶著小弟弟到海邊「行吟」；到舊書攤去買電影雜誌；把零用錢都花在看二輪電影上；……如今，我卻是一個孩子都已經上了大學的母親了。我也去過其他好些舊遊之地，四大公司和利源東西街的貨攤都似曾相識，彷彿還是當年跟母親來買東西那個樣子，頗有如晤故人之樂。

現在，距離我這次重遊又是一年有多了，雙親的每一封家信都催我再去。我想，我會再來的，因為香港是個我的第三故鄉，是我的老朋友。

勞人草草

春來方過半，寶島上的氣溫有時就已升到攝氏二十八九度，使人忍不住叫熱。這時，當我在灶前揮汗掌勺，或者在炎陽下走路，便不免會在內心感歎著：人生為什麼如此辛勞呢？難道生命真的只是一連串的勞役？這時，我又不免想起莊子「夫大塊載我以形，勞我以生，佚我以老，息我以死」這幾句話。啊！「勞人草草」，我輩知識分子，除了形體上的辛勞外，還要勞心，這才真是雙重的痛苦。

我是個天生的勞碌命，自從自己組織了小家庭，遠離不知愁的少女時代，便開始被這部家的馬達緊緊繫住，日夜不息地發動了二十一年。「息我以死」，大概要等到我瞑目那天，這部馬達才能休息吧！

本來，身兼家庭主婦與職業婦女兩重身分的人就已是比一般人加倍忙碌，而我這個勞碌命偏偏又喜歡自尋煩惱、製造工作，於是就更比一般人忙了四倍。管理一個家與四個孩子，已經可以說得上「日理萬機」，加以我生性好潔，屋裡藏不住一點灰塵，尤如眼中容不得一粒砂子；因此，每天花在打掃和整理上的時間，也比別人為多。更不幸的是，自己又喜歡舞文弄墨，做完家事和公務，假使不塗塗抹抹的寫點什麼，就覺精神空虛，無所寄託。於是，家事、公務與寫作這三件事，就鼎足而三地瓜分了我渺小的生命。

然而，身為一個從事寫作的人不進修來充實自己又怎麼行？在家事、公務和寫作的夾縫中，我這個老童生有時也跟兒輩一起在燈下苦讀；唸外文的大孩子還不肯放過我，強迫我跟他一起學習西班牙文和德文。我想：自己的英文還沒學好，哪有資格去學新的語文？但是，由於自己以及孩子的共同興趣，我雖然並沒有好好用心去學，耳濡目染的結果，在個人的知識領域中，卻也開闢了一個新的天地，我似乎又邁進了更高的一層樓。

我是個喜歡早起的人，晚上也睡得遲；有時，坐在書桌前，哈欠連連，我真想把面前的稿紙撕碎，或者把書本扔掉。人生幾何，好不容易熬完了十幾年寒窗，到了這把年紀，何苦還要往繭裡鑽？為什麼不上床去睡、或者出去看一場電影？但是，轉念之間：吾生也有涯，而學海無涯；不趁早往肚子裡多灌點墨水，難道要等到七老八十？這就是士大夫階級觀念害人，使得我真的非要「活到老，學到老」不可，也使得我的忙沒有止境。

家事、公務、寫作、讀書，好了，我的日子已被五馬分屍（加上睡覺，恰好五匹），我也變成了一部無法自主、身不由己的機器。在這種情形底下，我似乎變得不好作客也不好客了。有時正在構思，忽然來了不速之客，雖不至下逐客令，卻也真的無法歡迎。有個西方的笑話，好像是說，一個名律師，因為他的時間太值錢了，朋友找他聊天也要算鐘點費。這雖然是個笑話，但是在物質文明的工業社會裡，一個人的時間的確是十分寶貴的。

我多麼羨慕我國的古代讀書人琴棋書畫式的悠閒生活！誰叫自己生在這個時代而又不甘雌伏呢？那就只好認命的勞碌一生了。

靜思錄

返璞歸真

近年來發狂地喜歡巴哈的音樂。從前，我嫌這一類巴洛克音樂太呆板、單調，旋律缺少變化，聽了有催眠作用。如今，卻只覺得它既莊嚴肅穆，而又安詳美妙，充滿了對宗教的虔誠，使人聽了可以獲致和平寧靜的心境。它和莫札特的音樂一樣，聖潔有如仙樂，都是撫慰心靈的妙藥。

由於巴哈有著「音樂之父」的專稱，而他的名字又有一個「巴」字；於是，很可笑地，我總覺得他的作品中似乎有一種父親的慈愛。可不是，巴哈那張戴著假髮的畫像，原來就是胖胖的、笑咪咪的、和藹可親的嘛！貝多芬像一頭雄獅般咄咄逼人；華格納是一副驕傲自大相；而蕭邦則又蒼白瘦削而女性化。音樂家真是作品如其人！

想起自己從前為圖悅耳，只知陶醉在浪漫派樂曲蕩氣迴腸的旋律裡，那真是幼稚得可憐，還好，如今總算懂得在感官的享受以外還有點別的東西。從浪漫派而回到巴洛克時代，這也算是從絢爛歸於平淡，返璞歸真吧？

愛屋及烏

近讀吉辛的「四季隨筆」，愈讀愈起勁，這本書太合我的口味了。書中的Pyecroft，愛讀書，愛旅行，愛大自然，愛音樂，跟我完全是同道；使我頓有相見恨晚、酒逢知己之感。因此，在這本薄薄的袖珍本上，被我畫滿了一道道的紅線。

其中有一句：「對我而言，那些經過我屋上的雲似乎比別處的雲更加有趣更加美麗。」也被我畫上了紅線。這豈不是「月是故鄉明」的英國版？吉辛和老杜「蕭條異代不同時」，而又一西一東，他們的思想為甚麼會一樣？祖國的泥土特別芬芳，故鄉的一切都永遠難忘。「愛屋及烏」，原是人類共同的情操呀！

思古幽情

聽說現在的美國人很懷念二十年代和三十年代，無論在服裝、室內佈置和生活方式方面都有復古的傾向。這當然是由於現代生活太緊張，缺少悠閒的情緒，而令人興起思古的幽情之故。

我是個不大懷念過去的人，因為我並不覺得過去比現在好。但是，我對四十年代卻有著親切感。我是個在戰亂中長大的孩子，而我的青春歲月是在四十年代。有一部名叫「一九四二年的夏天」的電影，故事雖不足取，卻很抒情，我就是被它的片名所吸引而去看的。

平心靜氣而言，今日的世界除了物質享受勝於從前以外，實在一無可取。烽煙處處，道德淪亡；環境污染在威脅著全人類，饑饉的陰影也開始籠罩著地球。一切的一切都顯示著世紀末的象徵，又教人怎不懷古？

路邊人語

樹的啓示

經過了半個月的霪雨，我發現：那條在兩年前拓寬了的馬路兩旁所種植的樹苗，好像忽然在一夜之間長大了。它們長高、茁壯；細細的枝椏長滿了嫩綠的葉子，顯出了一片欣欣向榮的景象。在初晴的陽光下，它們小小的樹影，已可為行人遮蔭納涼。

看著這一列青葱的小樹，和它們後面那些原來就生長在行人道上的老樹一比，我覺得就像是發育期中十二、三歲的孩子，它們剛剛脫離了童年，正在急速地成長，眉眼青青，充滿了生命的希望。而那些枝幹挺拔、濃蔭如華蓋的老樹，卻又像是一個個歷盡風霜的中年老人。它們在這個世界上已受過無數次狂風暴雨的摧殘；但是，由於它們堅強的生命力和勇毅不屈的鬥志，它們能夠始終屹立在大地上，而且，向下紮根，向上生長。

無論它是小樹或是大樹，每一棵樹都會盡量發揮自己的功能。從這一點看來，人是沒辦法跟樹相比的。有些人好吃懶做，有些人苟且偷生；有些人懵懵懂懂、糊裡糊塗的過了一輩子。但願，每個人都向樹看齊。點燃自己，照亮別人；有一分熱，發一分光，那才不至白活。

都市裡的山羊

有人在路旁的草地上養了幾隻黑山羊。每天，我都可以看見那隻懸垂著一個肥大乳房的母羊帶著兩隻小羊在那裡吃草。那些全身純黑的小羊可愛極了，看牠們帶著天真無邪的表情蹣跚地跟在母羊身後，我就會想到那首英文的兒歌「瑪麗有隻小羊兒……」，以及童話故事中，小瑪麗抱著一隻小羊的插畫。

看著那些山羊在開心地、悠閒地吃著毫不鮮嫩的路旁雜草，我不禁為牠們感到悲哀起來。這條大路整日車如流水，行人如織，那些青草沾滿灰塵和污染的，多不衛生啊！在我的想像中，這些青草一定不夠甘美。山羊是應該在山泉潺潺流過、綠草如茵、野花似錦的山坡地上享受牠們的食物的。

然而，都市裡的山羊有選擇的餘地嗎？在沒有比較的情況下，山羊可能不會感覺到這些青草並不美味。我只躭心，吃下那些污染的青草以後對牠們健康的損害。自從這個世界到處充滿了人工的污染以後，無論人類或動物，都很難再找到一片淨土了。

別人的思想

從稍識之無開始，我就非常服膺「開卷有益」這句名言；雖然讀書一向不求甚解，但是始終仍以沉湎書海為人生樂事。

自從讀了叔本華「讀書論」中：「……在讀書時，我們的頭腦實際成為別人思想的運動場了。所以，讀書甚多，或幾乎整天讀書的人，雖然可藉以休養精神，而漸漸失去自行思想的能力，猶如時常騎馬的人終會失去步行的能力一樣。我們精神，如攝取營養過多，也是無益而有害的。……」

讀了這位哲人的話，不禁惕然而驚。愈想愈覺得自己有「飲食過量」、「消化不良」等現象。怪不得自己這樣愚魯，毫無見地。原來讀書過多的結果，自己的頭腦已變成了別人思想的運動場。

真想不再做蛀書蟲，不再做書呆子，任由自己變得面目可憎，言語無味。然而，這豈不中了叔本華的計嗎？這是他的思想而不是我的呀！

第一次真好！

路過人家的牆下，偶一抬頭，看見一棵結實纍纍的柚子樹。一顆顆碩大的黃綠色柚子，沉甸甸垂吊在枝頭。這景色不見得很美，但卻是一幅秋日風情畫。

我是個生長在都市，從來不曾享受過田園生活的俗子。除了木瓜樹以外，所有結實纍纍的果樹，都只能夠在圖畫、照片、電視和電影中看到。今天第一次看到這棵收穫如此豐碩的柚子樹，霎時間，心頭充滿了喜悅與新奇。

第一次真好，第一次的感覺真奇妙。細細回想：在你的生命中有多少「第一次」值得你低迴品味？有多少「第一次」使你留下不可磨滅的印象？

幾年前，家中第一次養了一籠十姊妹。當母鳥第一次生下了幾顆玲瓏剔透、比小指頭還小的鳥蛋以後，我和孩子們便眼巴巴地等候小鳥孵出來。有一天，我們正在吃午飯，孩子忽然大叫：「小鳥孵出來了。」我驚喜地走到鳥籠邊一看，在鳥巢裡面的所謂小鳥，只是兩團小小的粉紅色肉球，僅僅具有鳥的雛形，身上只有稀疏的幾根毛，兩隻黑黑的眼睛卻奇大。第一次看到剛孵出來的雛鳥，但覺牠們的樣子很難看，竟因此而吃不下飯。可是，等到牠們漸漸長大，羽毛漸豐，一切都具體而微以後，我喜愛牠們又甚於那些老鳥。

第一次生孩子時，護士把包在襁褓中、只露出一張紅冬冬小臉的老大抱來放在我的身邊。我第一次看到從自己身體中分出來的骨肉，第一次看到如此鮮嫩的、才出生不到一個鐘頭的嬰兒，心情非常複雜，又興奮又新奇又緊張，只是目不轉睛地望著他，唯恐這脆弱的小生命隨時消失。

第一次的感覺真奇妙。第一次看見雪；第一次去露營；第一次坐火車；第一次做大學生；第一次跟男孩子約會；第一次自己動手做飯；第一次拿到薪水袋；第一次看到自己的作品用鉛字印出來；第一次坐噴射機；第一次……第一次的經驗不一定都愉快，但是卻新鮮而刺激，使人回味無窮。

想起了已故去的男高音馬里奧蘭沙所唱的一首歌「For the prima, for the prima……」歌詞中所歌頌的「第一次」指的是初戀；然而，生命中無數的第一次，不是也都值得詠讚嗎？

生命中的第一次愈多，生命也就愈多姿多彩。願你珍重第一次。

三不像

雖然在我的身分證上的職業欄中填寫著的是「家庭管理」四個字；但是，我卻是不折不扣地具備有三種不同的身分：家庭主婦、職業婦女和作者（不敢自稱為「家」）。

對於這三種身分，我都可以算得上是個資深的人。因為，我從事這三種行業，通通都已二十餘年之久。照理，憑我在這三種行業中豐富的經驗，就算沒有甚麼成就，起碼也可以算得上半個行家了。然而，事實上，我還是覺得自己甚麼也不懂，甚麼也不像。清夜捫心自問，實在慚愧。

作了二十多年的主婦，使我最為汗顏的就是到如今還燒不出幾道可以待客的菜餚。尤其是身為粵人，人人都知道粵菜味道好和粵人講究吃，從這個大前提因而演繹出「粵人都善於烹飪」；因此，每當我說自己不會烹飪時，便無人置信。天曉得我多麼渴望自己也有「燒一桌好菜」的身手，無奈，二十幾年來總是在忙碌中討生活，難得會有研究食譜的閒情逸致。加以丈夫和孩子對飲食都不怎麼挑剔，多年來「將就著吃」的習慣，也就因循到現在。

當然，我是不會因此就罷休的。我是個好強的人，不輕易示弱，有朝一日，等我退休以後，我一定要多花點功夫在廚房裡，起碼也要成為丈夫和孩子心目中的好廚子。

就是由於自己的不善烹飪，因此，我雖然對家事相當的勤勞；然而，我還是覺得自己不像個道地的家庭主婦。

一提到職業婦女，大家的心目中一定立刻浮現出一個打扮入時的年輕女士。而我，在社會上工作了二三十年。從事過好幾種行業，到如今，年齡一大把了，卻始終不曾打扮入時過。在我年輕的時候，社會風氣比較淳樸；而我又屬於那種不喜歡修飾的人；所以，不打扮，似乎是順理成章的事。而最近的十幾年來，在我的辦公廳裡，始終都是陽盛陰衰；多數的時候，我更是萬綠叢中一點紅。在缺乏競爭對象的情況下，本來就懶得裝扮的我，就更加固執的以自己樸素為榮。也因為我打扮得樸素，使得相識的人總以為我是傳道解惑的老師。關於這一點，我是並不遺憾的。因為，想打扮成一個時髦的辦公廳女郎，「非不能也，是不為也」，這個大權是操在自己手上的。

爬格子爬了二三十年，雖然不敢自稱為作家，起碼也可以算得上是一名稿匠了吧？身為從事筆耕的文人而不抽煙、不喝酒、不喝咖啡而又沒有任何「怪癖」。這，似乎也有點不像，更不像的是——爬格子多年，家中始終沒有一間書房。臥室中靠窗的一張書桌，一個堆得滿滿的五層書架，便是我寫作的小天地。說到這裡，不由得要順便一提，我這個閨房，既沒有化妝台，又沒有任何女性的裝飾，除了那張雙人床以外，簡直就像一間學生的或者單身漢的。（單身漢的房間可能沒有我的整潔。）如此看來，我不但在家庭主婦、職業婦女和作者三種身分中顯得三不像；而且還不太像個女人了。真不知這是可笑還是可嘆？

有所思

地下道的過客

每次走過行人如潮水般洶湧的火車站前地下道，我就覺得這太像人生的縮影了。你看，每個人都在急急忙忙地趕路，滿臉都是栖栖皇皇的神色。要到哪裡去呢？趕火車？赴約會？上班？開會？去做甚麼呢？為名？為利？還是僅僅為了謀生？

世事如棋局，人生似戰場。如今，「閒坐小窗讀周易」、「杖藜携酒看芒山」式的悠閒生活已不可復得。不幸而生在這個核子時代，身為一切都講求效率的工業社會一份子，將永遠過著奔忙緊張的日子。

每當自己也匆匆忙忙跟著人流穿過地下道時，我就會這樣想：假使我的靈魂暫時脫離軀殼，置身人群之外，冷眼旁觀這可憐的芸芸眾生相，是否還有勇氣投身在這股濁流中呢？

夜的各種型式

白天裡，每個人都有自己份內的工作：上學、上班、做工……大家都過著群居的生活，生活的型式彼此差不到哪裡去。但是，一到了晚上，工作完畢，百鳥歸巢，大家都需要休息和鬆弛的時候，各人就有各人不同的夜生活了。

最常見的是作方城之戰，四個人圍坐下來，馬上全神貫注在十三張中，六親不認，往往不知東方之既白；不論手氣如何，起碼他是把一個夜晚輸掉了。也有人喜歡到燈紅酒綠、銷魂也銷金的聲色場所去麻醉自己。當然，最大多數的人還是留在家裡和家人樂敘天倫。「夜歸兒女笑燈前」，永遠是人世間最美麗的圖畫。

而我，卻喜歡在靜夜裡用讀書、縫紉和聽音樂來打發睡前的辰光。這樣的夜晚，表面看來好像太寂寞太平凡，但是在心靈上的收穫，卻是無法估量、無與倫比的。

榕樹之死

一個早上，我忽然發現我天天走過的一條馬路上的一棵老榕樹失踪了。樹是不會自己失踪的，那當然是被人砍掉。不錯，那條馬路看起來是顯得寬闊了很多，但是也空虛了很多。沒有了綠樹濃蔭的點綴，一切都光禿禿的，看來很不習慣。想到我曾經在它的樹蔭下走過無數次的一棵榕樹死了，而且還要挨受斧鉞之災，我有點難過，也有點生氣。

不要以為樹是無知的，凡是有生命的東西，都會有感情。聽說，在盆栽植物中，凡是受到主人細心呵護、殷勤照顧的，都會長得欣欣向榮；而被忽略了的，則往往憔悴而死。我覺得：發現這個現象的科學家，真是最最「澤被萬物」的人，仁心可佩。

老榕樹被連根拔去了，它的「屍體」一定被拿去「肢解」、「分屍」作為木材和燃料。榕樹假使真的有知，不知道它認為自己是鞠躬盡瘁為人類服務而感到光榮呢？還是覺得人類太殘忍？

淡泊的生涯

淡泊的生涯

我不明白為甚麼有些人無論做甚麼事都要走極端，而不能適可而止。玩要盡興而返；吃要大快朵頤；喝酒要不醉無歸……一切都要達到頂點。彷彿這是世界末日，明天不會再來。這恐怕就是所謂「世紀末的頹廢」吧？

也許是我太不懂得享受人生了。自懂事以來，我過的都是律己極嚴、自奉甚薄的生活。我從來不恣口腹之慾；我絕不把時間浪費在做無益的事情上；即使是星期假日，我也按時起床，不敢睡到日上三竿。從少年時代開始，一直過的近乎是清教徒的生活。在還沒讀過「禮記」時，我便已懂得遵守「傲不可長，欲不可從，志不可滿，樂不可極」這四大原則。

我無論做甚麼事，都堅持著中庸之道。一切都不過量，保留餘地。我從來沒有大快樂，所以也不會有大悲哀。不貪，哪裡來的嗔與痴呢？我不敢自詡做到「物我兩忘」的境界；只是，本著儒家「安貧樂道」的精神，使我能夠一直甘於淡泊的生涯。

書中知己

書是寂寞的人之好友，也是內向者的良伴。當你一卷在手時，它會向你娓娓而言，尤如在一室之內與良師益友晤對。

我雖然讀書不多，但也可算是個愛書的人。尤其是我很會利用時間，從來不讓自己的眼睛閒著，所以，我的雙眼每日與文字接觸的時間相當多。在辦公室有餘暇時要看書（我就是不能忍受把時間花在閒聊上）；獨個兒吃午飯時要看書；午睡前要看書；晚上不出門或者沒有喜愛的影集時要看書。就算是在看影集，也利用播放廣告的空檔瀏覽幾行，有時還要聽音樂，一心三用。我看書的範圍很廣，有時手邊沒有新書，我就讀百科全書、辭典、字典，甚至地圖，也覺得津津有味。

讀書最怕遇到枯燥無味的，那真像是碰到話不投機的朋友。可是，如果讀到深得我心的話，便不禁使我興奮雀躍，如獲異寶。那些深得我心的話，有些是古人寫的，有些是異國人寫的。儘管這些作者的年齡、性別、身分和我都不同，但我們的思想則一；於是，便有邂逅知音之感。

有一次讀到一位現代荷蘭青年作家的英譯小說。他筆下的女主角喜歡巴哈的音樂而不喜歡史特拉汶斯基的作品；同時，她對貓的喜愛僅次於音樂。這位女士的愛好如何跟我完全一樣？假使真的言為心聲，那位荷蘭作家豈不是我的知己？

古人說：「書中自有黃金屋，書中自有顏如玉。」我卻說：書中有知己。

天倫之樂

往昔，當孩子們都在家時，我往往不免為繁重的家務和他們的喧鬧感到苦惱。但是，等到他們一個個羽毛豐滿，離開了這個小巢之後，又覺得有說不出的空虛。空蕩蕩的屋子，聽不到他們的笑語；家務相對地減輕了；三餐也簡便得不能再簡單。有時，懶得舉炊，兩個人乾脆到小館子裡去解決民生問題。日子久了，我漸漸適應了這簡單的生活，有時還覺得挺愜意的，似乎又恢復了剛剛組織小家庭而尚沒有孩子時那股閒逸勁兒。

在外地工作的老三和服預備官役的老四差不多都是一個月回來一次。他們一回來，我們便像歡迎貴賓似地大做準備工夫。打掃房間、換上乾淨的床單、到菜場大大採購一番，還得備辦他們愛吃的零嘴。我往往因此犧牲了難得的禮拜天。說也奇怪，當我在廚房忙碌的時候，心裡卻毫無怨尤，因為我覺得這才像一個家。平日爐閒灶冷、無煙無火，哪裡有家的氣氛呢？

一個家，必須父母子女團聚在一起，和和睦睦，熱熱鬧鬧，那才能體會出天倫之樂。

畢璞全集・散文07　PG1279

無言歌

作　　者	畢　璞
責任編輯	陳思佑
圖文排版	周妤靜
封面設計	楊廣榕

出版策劃	釀出版
製作發行	秀威資訊科技股份有限公司 114 台北市內湖區瑞光路76巷65號1樓 電話：+886-2-2796-3638　傳真：+886-2-2796-1377 服務信箱：service@showwe.com.tw http://www.showwe.com.tw
郵政劃撥	19563868　戶名：秀威資訊科技股份有限公司
展售門市	國家書店【松江門市】 104 台北市中山區松江路209號1樓 電話：+886-2-2518-0207　傳真：+886-2-2518-0778
網路訂購	秀威網路書店：http://www.bodbooks.com.tw 國家網路書店：http://www.govbooks.com.tw
法律顧問	毛國樑　律師
總 經 銷	聯合發行股份有限公司 231新北市新店區寶橋路235巷6弄6號4F 電話：+886-2-2917-8022　傳真：+886-2-2915-6275

出版日期	2015年3月　BOD一版
定　　價	310元

國家圖書館出版品預行編目

無言歌 / 畢璞著. -- 一版. -- 臺北市 : 釀出版,
2015.03
面 ; 公分. -- (畢璞全集. 散文 ; 7)
BOD版
ISBN 978-986-5696-81-8 (平裝)

855 104001526

讀者回函卡

感謝您購買本書，為提升服務品質，請填妥以下資料，將讀者回函卡直接寄回或傳真本公司，收到您的寶貴意見後，我們會收藏記錄及檢討，謝謝！

如您需要了解本公司最新出版書目、購書優惠或企劃活動，歡迎您上網查詢或下載相關資料：http:// www.showwe.com.tw

您購買的書名：______________________________

出生日期：________年________月________日

學歷：□高中（含）以下　□大專　□研究所（含）以上

職業：□製造業　□金融業　□資訊業　□軍警　□傳播業　□自由業

□服務業　□公務員　□教職　□學生　□家管　□其它_____

購書地點：□網路書店　□實體書店　□書展　□郵購　□贈閱　□其他

您從何得知本書的消息？

□網路書店　□實體書店　□網路搜尋　□電子報　□書訊　□雜誌

□傳播媒體　□親友推薦　□網站推薦　□部落格　□其他__________

您對本書的評價：（請填代號　1.非常滿意　2.滿意　3.尚可　4.再改進）

封面設計____　版面編排____　內容____　文／譯筆____　價格____

讀完書後您覺得：

□很有收穫　□有收穫　□收穫不多　□沒收穫

對我們的建議：______________________________

____

____

____

請貼
郵票

11466
台北市內湖區瑞光路 76 巷 65 號 1 樓

秀威資訊科技股份有限公司 收

BOD 數位出版事業部

（請沿線對折寄回，謝謝！）

姓　　名：________________ 年齡：________ 性別：□女　□男

郵遞區號：□□□□□

地　　址：________________________________

聯絡電話：(日) ________________ (夜) ________________

E-mail：________________________________